HARLEQUIN

Deseo®

ADICTA A TI
Bronwyn Jameson

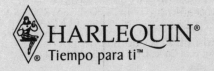

HARLEQUIN®
Tiempo para ti™

NOVELAS CON CORAZÓN

Editado por HARLEQUIN IBÉRICA, S.A.
Hermosilla, 21
28001 Madrid

I.S.B.N.: 84-396-9586-1
Depósito legal: B-9569-2002
Editor responsable: M. T. Villar
Diseño cubierta: María J. Velasco Juez
Composición: M.T., S.L.
Avda. Filipinas, 48. 28003 Madrid
Fotomecánica: PREIMPRESIÓN 2000
c/. Matilde Hernández, 34. 28019 Madrid
Impresión y encuadernación: LITOGRAFÍA ROSÉS, S.A.
c/. Energía, 11. 08850 Gavá (Barcelona)
Fecha impresion para Argentina:1.2.03
Distribuidor exclusivo para España: LOGISTA
Distribuidor para México: PUBLICACIONES SAYROLS, S.A. DE C.V.
Distribuidores para Argentina: interior, BERTRAN, S.A.C. Vélez
Sársfield, 1950. Cap. Fed./ Buenos Aires y Gran Buenos Aires,
VACCARO SÁNCHEZ y Cía, S.A.
Distribuidor para Chile: DISTRIBUIDORA ALFA, S.A.

Prólogo

Nick no sabía lo que sentiría al llegar a casa, pero supuso que tendría algo que ver con la nostalgia. Nada espectacular, quizá hubiera algún buen recuerdo. Hasta una punzada de amargura habría sido mejor que el vacío emocional que se había apoderado de él durante el largo vuelo desde Nueva York a Australia.

No le gustaba no sentir nada. Le recordaba demasiado la primera vez que había contemplado la mansión de Joe Corelli, aunque entonces tenía ocho años y había cerrado su corazón intencionadamente. No había querido hacerse ilusiones, de modo que simplemente había mirado la gran casona y se había preguntado cuánto tardaría aquella gente en darse cuenta de que aquello era un error.

A los niños como Niccolo Corelli los detenían solo por acercarse a casas como aquella. Pero el desconocido que se había presentado como un pariente de su difunta madre le había pasado un brazo por encima del hombro y le había sonreído.

–Esta es tu casa, Niccolo –le había dicho–. Olvida todo lo que has vivido. Ahora formas parte de mi familia.

«Parte de mi familia».

Entonces Nick no había entendido nada, y a pe-

3

sar de los esfuerzos de Joe, tampoco había podido olvidar sus orígenes.

Permaneció unos minutos más contemplando la casa, pero no sentía nada. Quizá solo necesitase dormir diez horas seguidas. Pero todavía no podía ser. Con un bostezo apenas reprimido salió del coche que había alquilado y se desperezó. Al volverse hacia la casa, detectó movimiento en una ventana del piso superior. George, el «Gran Hermano», le observaba desde lo alto.

Igual que aquella primera vez, pensó Nick, pero ahora alzó la mano en un saludo informal. Catorce años atrás le había hecho un gesto obsceno con el dedo corazón. La cortina volvió a cerrarse y Nick dejó escapar una breve risa. Se preguntó quién más estaría mirando.

¿Cuántas de las cuatro mujeres que habían crecido como sus hermanas estarían entre aquellos gruesos muros? Sophie, sin la menor duda. Al menor atisbo de problema, Sophie siempre había acudido a la carrera. Ella se había chivado a su madre la primera vez que le había dado un puñetazo en la nariz a George... y a su padre la última. Sophie había escuchado la acalorada discusión entre sus padres antes de que Joe lo llevara a vivir con ellos, y ella misma había empezado a llamarlo «el bastardo».

Sí, habría apostado algo a que Sophie estaría allí... si George se había molestado en decir a sus hermanas que Nick iba a ir. Su hermanastro no era precisamente un genio de la comunicación.

Cerró la puerta del coche de un golpe y según avanzaba hacia la casa reparó en que sus mandíbulas y sus músculos se tensaban mecánicamente. El problema no era el sueño. Era que no quería estar allí. Ni en Melbourne ni en el rancho de caballos que supuestamente había heredado. Supuestamente.

Era típico de George manipular los hechos y a los abogados que administraban la propiedad de Joe en su propio beneficio. Nick dejó escapar un suspiro de cansancio. En cuanto supiera qué estaba pasando y pusiera el cartel de «Se vende» en Yarra Park, se largaría de allí. Y esta vez para siempre.

Capítulo Uno

Si la noche no hubiera sido tan tranquila y el silencio tan absoluto, exceptuando el suave susurro de la paja cuando alguno de los caballos arrastraba los cascos inquieto, T.C. no habría oído el leve crujido del portón al abrirse. Ni el rumor de los pasos sobre el camino de gravilla que llevaba del patio a los establos.

Quizá habría vuelto a su habitación, al fondo del establo, y se hubiera metido de nuevo en la cama, en lugar de salir a cazar al intruso.

Los pasos se detuvieron y un escalofrío recorrió su cuerpo. «Por favor, que se vaya por donde ha venido, por favor...» Cerró los ojos y contó hasta diez, pero no ocurrió nada. Con el corazón martilleando dolorosamente contra sus costillas se asomó a la puerta del establo.

En la fresca noche solo se movían unos fantasmales jirones de niebla que subían del río Yarra para envolver la casa en un anticipo del invierno. T.C. volvió a entrar y dejó escapar un largo suspiro. El aire olía a cuero y a pelo de caballo, a melaza y a heno, olores familiares que dieron cierta estabilidad a sus temblorosas rodillas.

Había alguien fuera. Quizá el imbécil que había estado llamándola por teléfono las últimas semanas colgando siempre sin decir nada. O podía ser un ladrón que hubiera oído en algún bar del cercano pueblo de Riddells Crossing que allí solo había una mujer y que era presa fácil.

T.C. apretó con fuerza el arma que llevaba en la mano derecha. Era increíblemente ligera, pero le daba seguridad llevarla, a pesar de su absoluta inutilidad. La pasó a la mano izquierda y se secó el sudor de la mano en la pernera... del pijama. Estuvo a punto de soltar una risa histérica, pero se llevó la mano a la boca a tiempo. Algún degenerado intentaba entrar en su establo y ella iba a enfrentarse a él vestida con un pijama de franela demasiado grande y armada con una pistola de juguete. Quizá pudiese reducirlo cuando estuviese retorciéndose de risa por el suelo.

Volvió a oír los pasos, y esta vez se acercaban rápidamente. De repente una figura oscura apareció en la puerta del establo, apenas a un paso de ella, tan cerca que T.C. percibió claramente el suave olor de su colonia. Y lo bastante cerca para ponerle el cañón de la pistola de juguete en las costillas.

—No te muevas, tipo listo, y no tendré que disparar —la frase de película había salido de sus labios espontáneamente. Cerró los ojos con fuerza y rogó porque el temblor de sus piernas no se transmitiera a la mano que sostenía la pistola.

El desconocido levantó las manos con lentitud.

—Tranquila, cariño. No hagas ninguna estupidez.

—Soy yo quien tiene el arma, así que no hagas *tú* ninguna estupidez —T.C. notó que el hombre empezaba a moverse y le clavó el cañón de la pistola en las costillas. Con fuerza.

—Entendido. No me muevo, ¿vale? —el extraño

hablaba con voz lenta y profunda. La misma que utilizaba ella cuando quería calmar a un caballo nervioso. ¿A qué venía aquel tono de superioridad? No era ella quien había allanado en plena noche una propiedad ajena.

–Vale. No... no vale –dijo ella irritada y confundida. Giró a su alrededor y se situó a su espalda–. Sí que quiero que te muevas. Quiero que avances despacio y apoyes las manos en la pared.

Él obedeció, aunque su posición era demasiado relajada para el gusto de T.C.

–¿También quieres que separe las piernas? –preguntó en tono inocente.

–Eso no será necesario –respondió ella, cada vez de peor humor.

No le hacía ninguna gracia la actitud de aquel hombre. Tenía que imponerle algún respeto, pero no iba a ser fácil. Como mínimo medía un metro ochenta y cinco, y parecía ser todo músculo. La única ventaja que T.C. tenía sobre él era una pistola de plástico. ¿Y si él llevaba un arma de verdad? Sintió un nudo en la garganta y tragó saliva antes de volver a hablar.

–¿Estás armado? –preguntó muerta de miedo.

–¿Y soy peligroso? –bromeó él.

T.C. se maldijo por haber hecho una pregunta tan estúpida. Para averiguarlo iba a tener que registrarlo. Ponerle las manos encima. Respiró hondo y volvió a percibir su inquientantemente seductora fragancia. ¿Y qué? Hasta un degenerado sabía utilizar un frasco de Calvin Klein.

Dio un paso adelante y palpó una cazadora de grueso y suave cuero. En los dos bolsillos exteriores llevaba dos juegos de llaves. Bastante normal.

–Hay un bolsillo interior. Y también está el de la camisa –sugirió él.

T.C. volvió a llenarse los pulmones de Calvin Klein e introdujo una mano dentro de la cazadora. Su camisa estaba increíblemente caliente, y era de una tela tan suave que debajo podía sentir sus duros pectorales. Aquello era como acariciar la piel de un buen caballo, suave y engañosamente lánguida, pero debajo de aquellos músculos latía un poderoso corazón que transmitía un intenso calor a su mano, su sangre, su vientre...

¿Lo estaba acariciando? T.C. retiró la mano rápidamente y sintió una especie de hormigueo en los dedos. Tenía que recuperar la calma como fuera.

–Ahora voy a registrarte el pantalón –advirtió ella.

–Por mí perfecto.

No podía creer la desfachatez de aquel tipo. T.C. le clavó el cañón en las costillas con fuerza suficiente para hacerle encogerse levemente. Así aprendería. Los pantalones eran unos vaqueros de los ajustados. En uno de los bolsillos traseros llevaba una fina cartera, y en el otro no había nada más que músculo. Dio un paso atrás y se frotó la mano contra la pernera del pijama. ¿Qué le pasaba cuando tocaba a aquel hombre?

–No te pares ahora, manitas –dijo él arrastrando las palabras–. Hay más bolsillos por delante.

–Tengo una idea mejor –dijo ella, francamente enfadada–. ¿Por qué no me dices dónde llevas guardada el arma?

Él soltó una carcajada grave y profunda que hizo vibrar las entrañas de T.C.

–¿Por qué no pasas esa suave y delicada manita por aquí y lo descubres tú misma?

Un violento rubor encendió sus mejillas. ¿Pero cómo se atrevía...? Se pasó la pistola de la mano izquierda a la derecha y estiró los tendones de los dedos uno a uno. Podía ser pequeña, pero ya no recordaba cuándo había dejado de ser delicada.

–No cometas el error de asociar el tamaño con la suavidad –dijo con voz helada como el aire nocturno.

Y con la fuerza que le daban aquellas palabras hizo justamente lo que él le había pedido. Alargó la mano y palpó los bolsillos laterales de su pantalón. Muy rápido. Entonces deslizó la mano más arriba y a lo largo de su cintura. Sus jeans ajustaban a la perfección. Allí no era posible esconder nada. Notó cómo él tomaba aire por la súbita contracción de sus abdominales, pero no comprendió para qué hasta que era demasiado tarde.

Su giro fue rapidísimo, como la mano que hizo volar la pistola por los aires. Antes de que esta golpeara contra la pared de madera y cayera al suelo, el desconocido había agarrado su muñeca y le había retorcido el brazo tras la espalda.

–Me gustaría pensar que estabas tocándome por placer, pero me temo que no era el caso. ¿Por qué no me cuentas qué está pasando aquí?

El miserable estaba pegado a su espalda. T.C. sentía su cálido aliento en la nuca y sacudió la cabeza como para hacer desaparecer la sensación. Él le retorció el brazo un poco más.

–Me haces daño –dijo ella entre dientes.

–¿Y crees que ese trozo de plástico que me estabas clavando no hacía daño? –el extraño aflojó un poco la presión sobre su brazo, pero no lo soltó. Sus largos dedos envolvían con firmeza la muñeca–. ¿Y bien?

T.C. frunció el ceño. Si sabía que el arma era falsa, ¿por qué no había reaccionado antes? ¿Y ahora por qué era él quien pedía explicaciones?

–Te lo advierto, manitas, si no me dices qué hacías ahí agazapada en plena noche voy a tener que empezar a registrarte yo.

Su mano se deslizó sobre la cadera de T.C., que dejó escapar un pequeño grito e intentó zafarse, pero él la sujetó con más fuerza pasándole un brazo por el pecho. Ahora sentía la espalda pegada al duro pecho de aquel hombre, tanto que cuando él se echó a reír notó que su columna vertebral vibraba como un diapasón.

O quizá era su reacción ante la mano que bajaba por uno de sus muslos y volvía a subir con una lentitud exasperante. Dios santo, ahora se había introducido por debajo de la chaqueta de su pijama y recorría su estómago. T.C. intentó escapar, pero lo único que consiguió fue pegar sus nalgas a las caderas del desconocido. Sus pulmones parecieron quedarse sin aire.

–¿Qué pasa, cariño? ¿No estás acostumbrada a que un desconocido te manosee? No es agradable, ¿verdad?

–¡No me llames cariño! –T.C. lanzó una patada hacia atrás que sorprendió a su captor. En el revuelo de piernas y botas se soltó del brazo que la sujetaba, pero el desconocido intentó agarrarla con el otro y la mano se cerró... sobre su pecho izquierdo.

Durante un instante los dos permanecieron petrificados. T.C. lanzó una nueva patada y esta vez acertó con el tacón de la bota en la espinilla del intruso. Él dejó escapar un juramento. Ella siguió pateando y él se giró de lado para evitar sus pies mientras le pasaba el otro brazo por debajo de las costillas.

—¿Es que eres... medio mula? ¡Deja de dar patadas, mujer!

—¡Pues suéltame de una vez!

—¡Te soltaré cuando sepa qué está pasando aquí! ¿Dónde hay una luz?

—Ahí delante... la puerta... de la izquierda —gruñó T.C. como pudo. Aquel brazo la estaba aplastando el diafragma.

El desconocido avanzó arrastrándola como pudo, abrió la puerta de la vivienda de T.C. y accionó el interruptor. Una brillante luz lo inundó todo y ella cerró los ojos. Oyó el nervioso roce de las patas de Bi en el suelo de cemento. Su pequeña perra se acercaba a saludar y estaba correteando entre la maraña de piernas.

«Vaya perra guardián. Primero ni lo oye llegar, y ahora lo saluda como a un amigo de toda la vida».

—Abajo. Sienta —el extraño hablaba con tanta autoridad que T.C. sintió el impulso de sentarse. No hay que decir que la perra traidora obedeció.

Él aflojó su brazo y tomándola por los hombros la hizo volverse. Su nariz prácticamente tocaba la camisa de aquel hombre. Entre los dos botones superiores desabrochados asomaba algo de vello.

Tragó saliva con dificultad y alzó una mano para empujar el sólido muro de su pecho. No cedió. Levantó la vista, pero estaba demasiado cerca para ver nada más que una barbilla oscurecida por una barba de dos días y partida en el centro por una hendidura vagamente familiar.

«Oh, no. No puede ser...» Retrocedió y unos labios carnosos y una nariz larga y recta entraron en su campo de visión. Entonces cerró los ojos. «Oh, sí. Está claro que sí.»

—Así que le he soltado una patada en la espinilla a Nick Corelli —dijo tras un largo gruñido. «Y además lo he manoseado por todas partes», pensó, y volvió a sentir aquel hormigueo en las palmas de las manos.

Abrió los ojos y vio que él la miraba fijamente. Sus ojos no eran negros, como el de los otros Corelli que conocía, sino del azul de una luminosa mañana de verano. Inesperada y maravillosamente perfectos. Finalmente recordó volver a respirar y cerró la boca, que debía llevar un rato abierta.

—¿Me conoces? —él parecía sorprendido. Pero había algo más en sus ojos. ¿Interés? ¿O simple curiosidad?

Ella sacudió la cabeza, no sabía muy bien si en respuesta a la pregunta o para aclararse los sentidos.

—No, pero te he reconocido. Por las fotos. Tu padre me enseñó fotos.

—¿Me has reconocido al instante por un par de fotos?

Más que un par. T.C. sintió que se ruborizaba al recordar cuántas veces las había mirado. Dios, si había llegado a congelar una espectacular imagen suya en un vídeo de la boda de su hermana. Lo extraño era que no hubiera reconocido a «Nick el magnífico» en plena oscuridad.

–Supongo que no eres una ladrona. ¿Trabajas aquí? –bajó la vista hacia Bi, que seguía tumbada a sus pies, y sonrió–. Ya lo sé. Eres la de seguridad, y este es tu perro guardián.

El corazón de T.C. dio un salto mortal a cámara lenta en respuesta a aquella voz perezosa y a su cálida sonrisa. ¿Por qué no era capaz de sonreírle ella? ¿Cómo podía ver desaparecer aquella ceja arqueada bajo el denso mechón de pelo y no apartárselo de la cara al instante?

–Um... Soy la adiestradora. Adiestro los caballos de Joe.

En un simple batir de oscuras pestañas la expresión de Nick pasó de la curiosidad al asombro.

–¿Tú eres Tamara Cole?

–La misma.

Nick la inspeccionó con enervante detenimiento. Empezó por las botas y fue subiendo lentamente por sus piernas y su cuerpo. Al llegar a su rostro dejó escapar una especie de leve resoplido que podía ser tanto de incredulidad como de risa reprimida, y T.C. notó cómo la irritación crecía en su interior. Aquella no era su mejor imagen, pero tampoco era como para que sacudiera la cabeza y se sonriera como si no pudiera creer lo que veía. Ella se cruzó de brazos y lo miró con toda la frialdad que pudo.

–¿Qué estás haciendo aquí, Nick?

–¿Aparte de sobrevivir al ataque de una adiestradora loca en pijama y botas? –preguntó él, y su sonrisa pareció ensancharse.

—Esperaba tener noticias de alguien en algún momento, pero no te esperaba a ti. Por lo que tenía entendido estabas perdido en las montañas de Alaska.

La sonrisa desapareció.

—¿Quién te ha dicho eso?

—George. Después del funeral —T.C. intentó apartar de la mente aquel breve y desagradable encuentro—. Deberías haberme dicho que venías.

—Es lo que he intentado hacer durante las últimas seis horas —en un instante los ojos de Nick recorrieron la habitación y encontraron el teléfono. Se acercó al auricular descolgado y lo levantó—. Quizá esto tenga algo que ver con el hecho de que comunicabas todo el tiempo.

—Supongo que lo colgué mal.

Él la observó un momento e hizo un gesto con el auricular que tenía en la mano.

—¿Es la misma línea de la casa?

—Sí —respondió ella de mala gana—. Solo hay una línea.

—Entonces si no te importa, preferiría que quedara libre.

Según colgaba el receptor, T.C. comprendió el significado de sus palabras. Si necesitaba un teléfono era porque pensaba quedarse.

—¿A qué has venido, Nick? —le espetó—. Esperaba a George, o al abogado de los ojos de rana.

—Recuerdo que lo llamábamos Gustavo —comentó Nick con una leve sonrisa.

T.C. intentó no imaginar a la rana Gustavo en un traje de mil rayas, pero fracasó. Mientras los dos compartían una sonrisa, supo por qué estaba allí Nick. Tenía sentido que Joe le dejase su propiedad favorita al hijo de su corazón, al que siempre había preferido. Y aquello también explicaba el retraso. Nick, el despreocupado e irresponsable muchacho, había desaparecido en un absurdo viaje a las nieves precisamente el día en que habían hospitalizado a su padre. Joe había agonizado durante diez días, pero Nick no había aparecido.

Recogió a su perra del suelo, como si necesitase sentir el calor de su cuerpo peludo contra su pecho. Casi a la vez sintió una oleada de dolor por el hombre que había sido su jefe, su mentor y su salvador, y una punzada de agudo resentimiento contra el hijo que lo había decepcionado.

Nick percibió la tenue bruma que atravesaba por un instante su intensa mirada de color verde mar y sintió el poderoso impulso de calmar el dolor que veía en aquellos espectaculares ojos. Avanzó un paso, pero ella lo paró en seco con una feroz mirada que le hizo recordar el dolor de sus costillas y espinilla. Mentalmente se dio una palmada en la frente. «¿Pero en qué estás pensando?»

El largo viaje debía afectarlo más de lo que creía si pensaba que aquella mujer necesitaba consuelo. Su pelo corto, claro y fino como el de un bebé, aquella naricilla, sus enormes ojos... Todo era un engaño. Aquella arribista era dura como una piedra. La mirada de Nick se posó en sus labios como mínimo por décima vez desde que había encendido la luz. Eran carnosos y suaves, sin el menor atisbo de dureza... hasta que se apretaban salvajemente. Nick se aclaró la garganta como si intentara aclararse las ideas.

—Entonces, Tamara...

–¿Cómo me has llamado?

–Tamara. Es así como te llamas, ¿no? ¿O prefieres que siga llamándote manitas?

–Puedes llamarme T.C.

–Eso no es un nombre. Solo es un par de iniciales. Creo que prefiero Tamara.

Aquellos preciosos labios se fruncieron en un gesto de rabia y Nick sintió una sacudida de excitación. Era la clase de sensación que había buscado de continente en continente, de desafío en desafío y de mujer en mujer. La clase de sensación que hacía demasiado que no experimentaba. Y no entendía por qué se producía ahora.

Aparte de su boca y del fuego verde que despedían aquellos ojos, Tamara Cole no era su tipo de mujer ni de lejos. A él le gustaban las mujeres de curvas voluptuosas envueltas en seda. Las mujeres que sabían que eran mujeres. Debía ser el viaje. Era la única explicación. Eso y que por la descripción de George, se la había imaginado como una tigresa de cuerpo escultural, larga melena y actitud agresiva. En la actitud no se había equivocado, pero llevaba el cabello rubio corto como un muchacho, y francamente, no tenía demasiado cuerpo. «Justo lo necesario», pensó.

Tuvo que hacer un esfuerzo para no olvidar lo que pueden engañar las apariencias. Tamara Cole no parecía responder en absoluto a la descripción de George de la fría oportunista que se las había ingeniado para meterse en la vida y en la cama de Joe. Entonces aquella voz fría y contenida interrumpió su reflexión.

–¿A qué has venido, Nick?

Él simuló meditarlo mientras se acercaba a su

cama, probaba su consistencia, se tumbaba en ella tranquilamente y se encajaba la almohada entre la cabeza y la pared.

–¿A qué he venido? –observó su enloquecedor labio inferior con los ojos entrecerrados y sintió que la sangre volvía a acelerarse en sus venas–. He venido a conocerte... socia.

Capítulo Dos

–¿Has dicho... socia? –la voz de T.C. se quebró en mitad de la frase. Sus piernas flaquearon y se sentó en el cajón más cercano con un ruido sordo. Bi saltó de sus brazos–. ¿Qué quiere decir... socia?

–Es fácil. Que compartes la propiedad de algo.

«Oh, no, Joe. No puedes haberme hecho esto».

–¿La propiedad de qué exactamente?

–De estas cuadras.

T.C. tragó saliva y se pasó la lengua por la boca reseca.

–¿Quieres decir que Joe me dejó parte de Yarra Park?

–La mitad de todo lo que contiene. ¿Supone algún problema para ti?

–¡Claro que sí! Es demasiado, es... –la emoción la ahogaba, y T.C. tuvo que hacer una pausa antes de continuar–. No lo entiendo. ¿Por qué no dijo nada? ¿Por qué nadie me ha dicho nada?

–En el testamento de Joe había una cláusula según la cual yo tenía que venir a decírtelo.

T.C. sacudió la cabeza lentamente. Aquello no tenía el menor sentido. Su jefe siempre había sido un hombre cabal y reflexivo que no hacía nada sin una buena razón. Aquello no podía ser un capricho.

–Supongo que a tu familia no le ha hecho ninguna gracia.

–Se podría decir que no están muy entusiasmados por nuestro pequeño regalito.

T.C. se revolvió instintivamente.

–¡No lo llames así! Yo no esperaba nada. Ni quiero nada –sus brazos se abrieron en un gesto implorante–. ¿Por qué hizo esto, Nick?

–Vaya, ni idea, Tamara. Alguien podría pensar que fue porque haces muy bien tu trabajo.

El rostro de T.C. se encendió para vaciarse de color al instante. No podía estar insinuando que ella... Atónita, le observó, arrellanado en la cama con su media sonrisa burlona, y de repente el color volvió a su rostro con un fogonazo rojo.

–¡Pues sí! –dijo entre dientes–. Hago muy bien mi trabajo. Por eso me contrató. Y espero que no estés sugiriendo que me he ganado este regalito haciendo otra cosa que adiestrar caballos.

Furiosa, le arrancó la almohada de detrás de la nuca, pensando por un momento asfixiarlo con ella.

–Eh, tranquila. Solo he dicho algunos.

Parecía dar a entender que algunos eran el resto de la familia de Joe, no él. Eso debía haberla hecho sentirse mejor. ¿Pero entonces por qué se sentía tan... despreciada? Furiosa y dolida, lanzó la almohada a un rincón. Le daba igual lo que Nick Corelli pensase de ella. Pero no soportaba que estuviese tumbado en su cama y tratase el legado de Joe con la mayor falta de respeto.

–¿Y qué hay de tu mitad, Nick? ¿Qué piensa tu familia?

–Les ha tocado el resto de la fortuna de Joe –dijo él encogiéndose de hombros–. Supongo que a mí me ha tocado el premio de consolación.

Ella dio un paso adelante con las manos en las

caderas y lo miró con todo el desdén que le inspiraba el comentario.

–¿De verdad crees que te merecías un premio?

Él apoyó la cabeza contra la pared de cemento con los ojos entrecerrados. Ya no sonreía.

–¿Qué quieres decir?

–¿Dónde estabas cuando tu padre te necesitaba? ¿Qué hacías mientras tus hermanos se turnaban haciendo guardia junto a su cama? Era a ti a quien quería ver, Nick. Era por ti por quien preguntaba. ¿Y tú dónde estabas? Oh, sí, esquiando tan feliz en no sé qué montaña.

Nick se levantó muy despacio. Sus ojos tenían un brillo oscuro y T.C. dio un paso atrás, pero su voz sonó indiferente.

–¿Eso te dijo George?

T.C. tragó saliva y asintió. ¿Había tocado alguna fibra sensible?

–¿Y te dijo también lo que se esforzó por encontrarme? ¿Te dijo que ni siquiera dejó un mensaje en mi contestador?

–No debería haber tenido que buscarte.

–¿Y cómo debía saber yo que Joe estaba enfermo?

Era cierto. Joe no había dicho nada a nadie sobre su diagnóstico. Ni una palabra hasta que fue demasiado tarde.

–Lo siento, Nick –instintivamente T.C. posó una mano comprensiva sobre su brazo.

–Bueno, eso ya es historia –dijo Nick indiferente al tiempo que retiraba el brazo. No necesitaba ni la compasión de aquella mujer ni la sensación de culpabilidad que sentía por la forma en que habían ocurrido las cosas. Ambas eran inservibles. Se dio media vuelta con brusquedad en busca de algo en que concentrar su atención, y lo encontró en aquellas paredes desnudas, el suelo de cemento, los muebles baratos y los cajones de mudanzas–. ¿Qué haces viviendo aquí?

–¿Por qué lo dices? –dijo ella sacudiendo la cabeza levemente.

–George me dijo que antes vivías en la casa, pero que te habías mudado. Me imaginé que fuera de la propiedad. ¿Por qué demonios te has instalado en este agujero?

–No me parecía bien quedarme en la casa –dijo T.C. secamente.

–¿Es que no has podido encontrar nada mejor?

–No tenía... –se detuvo en seco e intentó cambiar el rumbo del comentario–. Tenía que estar aquí, cerca de los caballos. No pasa nada.

–George debería haberme dicho que estabas viviendo aquí.

¿Pero cómo iba a decírselo? Nick no le había dado la oportunidad. Le habían enfurecido tanto las constantes evasivas de su hermanastro que se había dado media vuelta, había saltado al coche y había ido directamente al rancho. Se pasó una mano por la cara preguntándose qué había sido de su lógica, ya que había desaparecido a la vez que su habitual serenidad.

–Si hubiera sabido que estabas viviendo aquí, no me habría sorprendido ver la luz.

–Por eso bajaste al establo –dijo ella con una sonrisa de alivio–. Algo me despertó y encendí la luz, pero no sabía qué era y volví a apagarla. Cuando te oí fuera me llevé un susto de muerte.

–Lo siento. Parece que los dos nos confundimos.

Sin saber cómo, aquella sonrisa diluyó la irritabilidad de Nick, que a su vez sonrió. Y percibió algo en la expresión de T.C., en el suave rubor de sus mejillas, que le recordó cuando se habían tocado en la oscuridad del establo. Aquellas pequeñas manos deslizándose sobre su camisa y sus pantalones. Su mano en el suave vientre de aquella mujer, en su pecho. Una intensa y sorprendente llamarada de calor lamió su cuerpo. Es el viaje, se recordó, y automáticamente metió las manos en los bolsillos de la cazadora y se aclaró la garganta.

–Deberías meter en una bolsa lo que vayas a necesitar esta noche.

–¿Cómo dices? –el cuerpo de T.C. se tensó.

–No vas a quedarte aquí.

–Aquí estoy perfectamente.

La perra, que se había quedado dormida a los pies de la cama, escogió aquel momento para gemir y revolverse entre sueños.

–Ni siquiera tu perra está cómoda aquí –observó Nick con una leve risa irónica.

–¿Tenemos que discutir esto ahora? Mira, es muy tarde y no quiero discutir ni ponerme a hacer otra cama, ¿de acuerdo?

Nick se pasó una mano por el pelo.

–Está bien, pero mañana te trasladas a la casa.

–¿No te parece más importante aclarar qué pasa con esta ridícula herencia?

–¿Te parece ridícula? –Nick frunció el ceño ante el adjetivo que había elegido. Podía ser inesperada. Quizá insólita. Sin duda muy generosa.

–No tiene sentido.

–¿No se te ocurre ninguna razón por la que Joe quisiera dejarte un millón de dólares?

El color volvió a huir del rostro de T.C., que lo miró desafiante. Nick pensó que en su mundo un millón de dólares no significaba nada, pero obviamente para Tamara Cole era una cifra astronómica. Iba a ser muy sencillo comprar su parte. ¿Pero entonces por qué no sentía la satisfacción que siempre acompañaba a la certeza de que un negocio ya era seguro, de que estaba cerrado? Tamara seguía mirándolo fijamente y Nick comprendió que no solo estaba desconcertada. Parecía tan exhausta como él.

—Consúltalo con la almohada, ojos verdes —la aconsejó mientras se dirigía hacia la puerta—. Mañana hablaremos.

—Nick.

Él se detuvo con la mano en la puerta. ¿Por qué se había acelerado su corazón al oírla pronunciar su nombre?

—Siento lo de antes... haberte confundido con un ladrón.

Nick se volvió y le devolvió la mirada con una leve sonrisa y un repentino nudo en el estómago.

—Yo no.

Cuando se cerró la puerta T.C. apoyó su sofocada frente en el frío cristal de la ventana y se llevó una mano al sobrecargado corazón. No era justo que la sonrisa de un hombre tuviera un efecto así, y menos de un hombre tan obviamente fuera de su alcance.

Por las fotos sabía que era un tipo espectacular, pero ni eso ni las historias de Joe podían haberla preparado para conocer a Nick Corelli en carne y hueso. Sus ojos azules la habían acariciado como un manto de seda que había calentado su cuerpo y sensibilizado hasta la última célula de su piel. «Yo no», había dicho. Como si la oleada de deseo que había sentido ella hubiera sido mutua. Como si un hombre que podía elegir entre las mujeres más elegantes, bellas e inteligentes del mundo fuera a interesarse en alguien como ella.

A través de la ventana vio cómo se iban encendiendo las luces de la casa marcando su paso. Del gran vestíbulo pasó a la zona de los salones, y a los dormitorios. De repente su cuerpo volvió a tensarse. «Por favor, no. En mi habitación no. No en mi cama. Ya tengo bastante con saber que estás en mi casa».

¿Mi casa? Sí, era donde había vivido los últimos cinco años, pero solo porque Joe se había empeñado.

–¿Crees que una casa así merece estar vacía? ¿Crees que quiero venir aquí y encontrarme una casa desierta después de pasar toda la semana rodeado de idiotas? –le había dicho. T.C. notó que le ardían los ojos al recordar las palabras de Joe y los cerró con fuerza. No había llorado en los últimos y terribles meses, desde que se había enterado de la enfermedad terminal que consumía a su jefe, y no iba a hacerlo ahora.

«Si no quieres que te traten como a una cría, no llores como una cría». Era la máxima número uno del padre de T.C., y no pudo por menos que recordar la segunda. «Un hombre como ese solo puede querer una cosa de una chica como tú».

T.C. no era más que una adolescente cuando había comprendido lo ciertas que eran las palabras de su padre. Le había dado «aquella cosa» a un rico y seductor rompecorazones llamado Miles

Newman, y cuando él se había reído de sus palabras de amor y había pasado a la siguiente moza de cuadra, T.C. se había enjugado sus últimas lágrimas y había tirado el pañuelo.

Jamás volvería a cambiar su autoestima por un falso amor. Nunca cometería de nuevo el error de tomar el fuego de la atracción física por lo que no era. Por supuesto quería que apareciera alguien especial, alguien a quien amar y con quien compartir su vida, pero hasta que encontrase al hombre adecuado estaba dispuesta a arreglárselas sola.

Pero cuando volvió a abrir los ojos y miró su cama, volvió a ver aquellas largas piernas enfundadas en vaqueros extendidas sobre su superficie, y se imaginó el calor de su cuerpo calentando sus mantas.

Con un gruñido de frustración abrió la puerta y salió al establo. Una yegua relinchó suavemente pocos metros más allá. T.C. se acercó con paso firme a la gran cabeza que asomaba sobre la puerta de uno de los cubículos.

–Hola, Star –murmuró mientras rascaba la enorme mandíbula del animal. Al instante sus músculos se relajaron notablemente y su sonrisa se ensanchó–. ¿Es que no duermes nunca?

La yegua sacudió levemente la cabeza. Ella, Tamara Cole, era medio dueña de aquel fabuloso animal. Con un estremecimiento de frío y excitación T.C. enterró las manos en los bolsillos. «No», se dijo con firmeza, «sabes que no puedes aceptarlo».

¿Y si no lo aceptaba, qué pasaría? Se preguntó si Joe habría pensado en aquella posibilidad y habría incluido alguna cláusula alternativa. De repente surgían muchas preguntas. ¿Por qué George le había dicho que siguiera con su vida como siempre, sabiendo que ahora era copropietaria de la cuadra? ¿Por qué le había dejado Joe aquella herencia, si sabía que probablemente la rechazaría? ¿Y por qué había exigido que fuera precisamente Nick quien le diera la noticia?

No la sorprendía que Joe no hubiera dejado Yarra Park a ninguno de sus familiares de Melbourne. Ni George ni ninguna de sus hermanas habían mostrado el menor interés por la propiedad. De hecho despreciaban la pasión de su padre por los caballos como «una excentricidad senil».

Tampoco era extraño que se lo hubiese dejado a Nick, el único que había elegido seguir su propio camino en vez de buscarse un buen puesto en alguna de las compañías del grupo Corelli. Al principio su decisión había provocado un distanciamiento entre ellos, pero con el tiempo el éxito de Nick le había hecho ganar el respeto y la admiración de su padre. ¿Pero apreciaría Nick la magnitud del regalo? Por Dios, lo había llamado «premio de consolación».

—Esto no va a ser nada fácil —dijo a Star pensativa.

Si al día siguiente conseguía controlar su cuerpo para que no se desbocara ante la presencia de Nick, quizá su cerebro pudiera aclararse lo suficiente para enviar algún tipo de señal comprensible a su boca y formular en voz alta las preguntas para las que necesitaba tener respuesta antes de decidir qué iba a hacer.

Capítulo Tres

T.C. pensaba hacerle todas aquellas preguntas a Nick en cuanto lo viera. Se plantaría delante de él, lo miraría a los ojos y le diría, «Nick, necesito saber cuáles son tus intenciones». Lo había estado ensayando mientras sacaba la primera mitad del equipo a hacer ejercicio con Jason, su mozo de establo.

A la hora del café de la mañana tomó su jarra, se sentó a la puerta del establo y se puso a afinar la voz.

–Nick, necesito saber... Nick, necesito saber...

En aquel momento apareció a lo lejos Nick, y todos sus planes y su voz se esfumaron de repente. Llevaba un polo del mismo azul de sus ojos y unos jeans descoloridos que marcaban a la perfección lo que tenían que marcar. La oleada de calor que recorrió el cuerpo de T.C. no tenía nada que ver con el calor. Su corazón se detuvo un instante... y se lanzó a todo galope.

–¿Ese es el nuevo jefe? –preguntó Jason.

T.C. asintió, tragó saliva, tomó aire y lo soltó. Para entonces Nick estaba lo bastante cerca para ver que tenía el pelo húmedo y el aspecto descansado de alguien que se ha dado una buena ducha después de una noche de sueño reparador. Era evidente que a él no le había quitado el sueño la fragancia que despedía su almohada. Hizo como pudo las presentaciones y Nick ofreció la mano a Jason.

–Supongo que la 125 que he visto ahí fuera es tuya.

«Muy hábil», pensó T.C. con una mueca cínica. Jason estaba entusiasmado con su nueva moto de trail y obviamente se moría de ganas de hablar de ella. Intercambiaron unos cuantos comentarios en esa jerga incomprensible de los motoristas y cuando Bi bostezó después de su siesta matutina, Nick se agachó y la rascó entre las orejas. A la perra le faltó tiempo para tenderse patas arriba. Evidentemente estaba acostumbrado a producir aquel efecto en las hembras.

–¿Cómo se llama? –dijo levantando la vista hacia T.C.

–Bi –intervino Jason... afortunadamente, ya que T.C. había vuelto a quedarse muda.

Escondida detrás de la jarra de café, intentó deshacer el nudo que se le había hecho en la lengua.

–Extraño nombre –dijo con una devastadora sonrisa, que añadió un nudo más a la lengua de T.C. Por suerte Jason acudió de nuevo al rescate.

–Cuando Joe la recogió en la carretera T.C. dijo que podíamos llamarla Suerte, porque había tenido la suerte de que Joe la encontrara, pero Joe dijo que un perro con aquella pinta tenía cualquier cosa menos suerte.

–¿Y de dónde viene lo de «Bi»?

–Joe dijo, «Yo la llamaría bicho». Y así se quedó, solo que luego T.C. lo dejó en «Bi».

T.C. sonrió al recordar la anécdota. Parecía que por fin era capaz de hablar.

–Parece que has dormido bien –dijo para empezar.

–Como un crío –asintió él, y su sonrisa profundizó las pequeñas arrugas de las comisuras de sus labios. T.C. pensó que debía sonreír mucho–. ¿Hay más café de ese?

–Le traeré uno –se ofreció Jason–. ¿Lo quiere con leche y azúcar?

–Con todo. Mucha leche y dos terrones de azúcar. Gracias, Jason –el chico se alejó y Nick se sentó junto a T.C.–. Y aún estaría durmiendo a no ser porque sonó el teléfono.

Ella dejó de agitar la jarra y se quedó inmóvil.

–No lo he oído. Supongo que estábamos abajo en la pista. ¿Era para mí?

–No lo sé. No han dicho nada.

–Se habrán equivocado –dijo T.C. con la mirada fija en la jarra–. ¿Qué estará haciendo Jason?

Nick apretó los dientes. Tanta evasiva estaba empezando a ponerle nervioso.

–Si era algún novio tuyo, puede haber pensado algo raro.

–Si tuviera un novio sabría que no tiene que llamarme cuando estoy en la pista.

Nick sintió un placer malsano ante su agresividad. Por fin tenía su atención.

–Parece que le pasa algo a tu teléfono. Hoy llaman y no dicen nada, ayer estaba descolgado...

–Vamos, T.C. –ninguno de los dos había oído acercarse a Jason–. ¿Otra vez te lo dejaste descolgado? El otro día le pasó lo mismo –dijo mientras le pasaba a Nick su café.

La mirada fulminante que T.C. dirigió al chico indicó a Nick que había acertado.

–¿Por qué no me lo cuentas?

–¿Contarte qué? Colgué mal el teléfono sin darme cuenta. Y tú has recibido hoy una llamada equivocada. Eso es todo –T.C. se encogió de hombros y se volvió hacia Jason–. ¿Por qué no le enseñas todo esto a Nick mientras yo acabo con los caballos de fuera?

Nick puso una mano sobre su hombro cuando se disponía a salir.

–¿Has estado recibiendo llamadas molestas? –Nick incrementó levemente la presión sobre su hombro al ver que no contestaba. Volvió la cabeza y al ver la mirada preocupada de Jason esbozó una sonrisa tranquilizadora–. ¿Por qué no atiendes tú a esos caballos mientras aclaramos esto?

Jason se alejó silbando alegremente y Nick sintió que el hombro de T.C. se tensaba bajo su mano.

–¿Llevas aquí menos de doce horas y ya estás dando órdenes a mi mozo?

–Nuestro mozo –corrigió él.

–De eso tenemos que hablar –dijo ella tras un largo suspiro.

–Sí, pero primero quiero saber qué pasa con el teléfono.

–Está bien –dijo ella cansadamente–. He recibido un par de llamadas anónimas.

–¿Cuánto hace que está pasando?

Ella se encogió de hombros.

–Un par de semanas. De vez en cuando.

–¡Un par de semanas! ¿No lo has denunciado?

–Mira, no hay nada que denunciar. Ni amenazas, ni jadeos obscenos... Serán los niños del pueblo. No tiene importancia.

–¿No? –Nick dejó escapar un juramento entre

dientes y de repente lo entendió todo–. Por eso me atacaste anoche. Pensaste que era el que llamaba. ¿Y si hubieras tenido razón? ¿Y si hubiera querido hacerte daño? ¿Pensaste en eso antes de hacerme frente con una pistola de juguete?

–Puedo cuidarme sola. Puedo cuidarme sola...

–¿Eso estabas haciendo cuando te pusiste a manosearme anoche? –Nick agarró una de sus manos y la atrajo hacia su cuerpo, obligándola a tocarlo, haciéndola bajar desde su pecho a su cintura en un largo y sinuoso movimiento–. ¿Cuando me tocabas así?

T.C. retrocedió como si hubiera tocado un cable eléctrico y se quedó mirándolo con los ojos verdes muy abiertos, frotándose contra el pantalón la mano con la que él la había obligado a tocarlo como si intentara quitarse su marca de la piel. Y aquel gesto resultaba tan sensual como el contacto.

–Yo no te toqué así –dijo ella alzando orgullosamente la barbilla sin dejar de mirarlo fijamente.

–Pues se pareció mucho –murmuró él, alarmado por la tensión que sentía bajo el pantalón. T.C. se volvió y se alejó muy erguida, con la cabeza bien alta.

Nick sacudió la cabeza malhumorado. Solo había conseguido demostrar lo fácilmente que aquella mujer le hacía perder la paciencia y le calentaba la sangre. Se había acercado a los establos con la idea de aclarar el problema del teléfono e intentar suavizar un poco las cosas, después del abrupto encuentro de la noche anterior. A continuación pretendía convencerla de que volviera a la casa, y después de una buena comida pensaba revisar con ella las cuentas de la cuadra para asegurarse de que la oferta de compra que iba a hacer fuera justa. Y después de la cena, una vez liquidados los negocios, pensaba dedicarse exclusivamente al placer.

Y por el momento apenas había conseguido hablar del primer punto de su lista. No era muy buen principio. Tendría que emplearse a fondo para alcanzar todos sus objetivos, en especial el último, pero valdría la pena el esfuerzo.

Cuando apareció Jason con un caballo, Nick vio una oportunidad de oro. Probablemente averiguaría mucho más en una hora con el chico que en todo un día con Tamara.

—¿Necesitas ayuda? —preguntó mientras Jason ataba las riendas del caballo a una barra.

—¿Sabe vendar?

—Aprendo rápido —contestó Nick con una sonrisa—. Enséñame con una pata y me las arreglaré con las demás.

T.C. soltó la pata de Monte, estiró su dolorida espalda e intentó por todos los medios no mirar al rincón opuesto del establo. ¿De qué se reían ahora aquellos dos? Llevaban más de una hora charlando animadamente y echándose a reír con enervante regularidad. Era evidente que Jason estaba disfrutando con su nuevo papel de profesor de Nick. En realidad aquello no iba con ella. Nick podía intentar ganarse a quien quisiera. Mientras la dejara a ella en paz, no había problema.

Con una última mirada a la pareja, volvió a tomar la pata de Monte y la encajó entre sus rodillas, decidida a concentrarse en acuchillar bien el casco para volver a herrarlo. Y consiguió hacerlo durante unos tres minutos, hasta que oyó pasos que se acercaban pausadamente. T.C. miró a un lado y vio aquellas piernas enfundadas en vaqueros. Nick acercó un taburete y se sentó junto a ella.

«Ignóralo», ordenó a su propio cuerpo, pero fue inútil. Sus músculos ya se habían tensado ante la proximidad de aquel hombre, ante la idea de que la estaba observando. Monte debió percibir su tensión, ya que se revolvió inquieto y estuvo a punto de hacerla perder el equilibrio. Para cuando consiguió calmarlo ya había decidido que iba a ser mejor dejar la conversación para otro momento. Era demasiado importante para hablar entre golpe y golpe de mazo, de modo que atacó el casco de Monte con renovadas fuerzas para acabar cuanto antes.

–¿Qué estás haciendo? –preguntó Nick tras esperar pacientemente varios minutos.

–Raspar.

–Sí, eso ya lo veo.

–Me alegro de que no tengas problemas de vista –murmuró ella. Soltó la pata del caballo y con un resoplido de impaciencia fue hasta la fragua y empezó a aporrear la herradura de Monte hasta que no pudo aguantar más–. ¿No tienes nada mejor que hacer que comerme con los ojos?

–¿Crees que eso es lo que estoy haciendo?

Ella dejó de martillear un momento y le lanzó una mirada fulminante.

–Nunca me como con los ojos a una mujer que lleve un martillo. Es demasiado peligroso.

T.C. estuvo a punto de sonreír. A punto. Nick se preguntó qué tendría que hacer para oírla reír a carcajadas. Estaba seguro de que le gustarían mucho más aquellos ojos verdes rebosantes de risa que brillantes de irritación.

—No te molestará que esté aquí observándote.

—Pues ya que lo dices, sí –T.C. tiró el martillo a un lado y se volvió hacia él–. No estoy acostumbrada a tener a nadie delante viéndome trabajar.

—¿No lo hacía Joe?

—Con él no me sentía incómoda.

—Debías llevarte muy bien con él –dijo Nick antes de que pudiera volverle la espalda de nuevo. Quería que se sintiera cómoda hablando con él, y Joe podía ser un buen punto de partida.

—¿Lo dices por lo que me ha dejado?

—No me refería a eso.

—¿No? –dijo ella con una sonrisa incrédula.

—No. Ya has dicho que no erais amantes, pero vuestra relación no era simplemente la de jefe-empleada.

Sus ojos se encontraron y Nick detectó algo, quizá sorpresa, o alivio, o agrado, antes de que apartara la vista. La vio tragar y respirar hondo antes de hablar con voz lenta y medida.

—Joe me dio este trabajo cuando más lo necesitaba, y lo hizo contra la opinión de todo el mundo. Yo sabía de caballos, pero nunca había dirigido una cuadra de esta envergadura. Era joven e inexperta, y además mujer. Pero él hizo caso a su instinto y me dio el trabajo –el fantasma de una sonrisa pasó por sus labios–. Yo tuve mucho cuidado de que nunca se arrepintiera de la decisión, y él apreciaba el esfuerzo extra que yo hacía. No éramos amantes, pero había una relación especial entre nosotros.

–¿De respeto mutuo?

Ella alzó los ojos y la intensidad de su mirada golpeó con fuerza a Nick en mitad del pecho.

–No sé si era mutuo, pero sé lo mucho que yo respetaba a Joe. Lo admiraba, lo amaba, hubiese querido que fuera mi padre.

La última frase la dijo en un susurro, como si no hubiera querido decirla, y volvió a apartar la mirada.

–¿Pasabas un mal momento cuando te dio el trabajo?

–En más sentidos de los que imaginas. No te aburriré con una larga historia. Basta decir que mi autoestima estaba bajo mínimos y esto era exactamente lo que necesitaba. No el trabajo, ni el dinero, sino la responsabilidad y la confianza. Joe creyó en mí.

T.C. se dio media vuelta abruptamente y volvió junto al caballo. Nick quedó plantado junto a la fragua, meditando aquellas palabras y sus propios recuerdos. Él había experimentado algo parecido. Durante los primeros ocho años de su vida nadie se había preocupado por él, ni por supuesto había creído en él, y había tardado mucho tiempo en reconocer aquellos como los regalos más preciados que Joe le había dado al aceptarlo en su familia y llamarlo su hijo.

–Sí –murmuró para sus adentros–. Yo también hubiese querido que fuera mi padre.

Cuando volvió junto a ella la encontró clavando la herradura con relajada destreza, como si ya hubiera sofocado la emoción que aún se agarraba al estómago de Nick. Aquello lo irritó casi tanto como la forma en que se había ido.

—¿Por qué no contratas a un herrero para que haga eso? —preguntó por fin.

—¿Pagar a alguien por algo que puedo hacer yo? Ni hablar.

—¿Por qué hacer algo tan duro y trabajoso pudiendo pagar a otro para que lo haga? —insistió él.

Ella le lanzó una mirada desdeñosa.

—No es mi forma de hacer las cosas.

Intentaba demostrar lo dura que era, pensó Nick. No porque fuera joven e inexperta, sino porque era mujer. Ahí había algo más y quería saberlo.

—¿Cuál es tu forma, Tamara? —ella no respondió y Nick decidió probar otro camino—. ¿Cómo aprendiste a herrar?

—Mi padre me enseñó.

—¿Tu padre trabaja con caballos?

—Trabajaba.

Nada más. Ni una maldita explicación. Su reticencia intrigaba e irritaba a Nick cada vez más.

—¿Así que seguiste la tradición familiar de adiestrar caballos?

Con un movimiento rápido y preciso T.C. se volvió, agarró la pata del caballo y apoyó el casco en su muslo.

—Elegí esta profesión porque la adoro. La tradición no tuvo nada que ver.

Nick observó su ceño fruncido, la expresión concentrada, el tenso agarre del martillo.

—Para ser alguien que adora su trabajo, no parece que te estés divirtiendo mucho.

Ella le lanzó una mirada furibunda, pero antes de que pudiera responder el caballo volvió la cabeza y le dio un suave golpe en la espalda. T.C. se sobresaltó y saltó a un lado, y cuando Nick la agarró por los hombros para que no se cayera, vio que sus ojos se inundaban de lágrimas. Y también vio que no se frotaba la espalda, sino que se chupaba el dedo.

—Eh, ¿qué te pasa?

Ella se sacó el dedo de la boca, y Nick volvió a sentir una súbita oleada de excitación. Súbita e injustificada, dada las circunstancias. Pero eran aquellos labios, aquel maldito mohín...

—Espera. Déjame ver —dijo mientras tomaba su mano y examinaba la herida que tenía en la base del pulgar. Se había clavado la punta de un clavo sin rematar—. ¿Tienes un botiquín?

—No es más que un arañazo.

—Siéntate y no te muevas —dijo con el tono tajante que la noche anterior tan bien había funcionado con Bi. Ahora funcionó igual con T.C.

—Está en el comedor de la vivienda. En el armario junto al frigorífico.

Nick asintió, se volvió y entonces se encontró de frente con los cuartos traseros de Monte. T.C. vio asombrada cómo le daba una palmada en la grupa para que se diera la vuelta, recogía las riendas y con un movimiento rápido volvía a atarlas a la barra antes de alejarse. Como si lo hiciera todos los días.

No quería admitir la competencia de aquel hombre en nada. De hecho se había pasado la última media hora intentando no admirar nada en él, de modo que concentró toda su atención en su pulgar.

Aquella herida era culpa de Nick. Si no hubiera interrumpido su sueño no habría estado tan atontada. Si no la hubiera obligado a tocarlo, sus sentidos no estarían saturados de recuerdos de aquellas manos tocando su cuerpo. Y se habría dado cuenta de que Monte se había soltado.

Antes de lo que hubiera deseado Nick estaba de vuelta y se sentaba sobre un taburete frente a ella. Le tomó la mano herida, la puso palma arriba sobre una de las suyas e inclinó la cabeza para inspeccionar la herida.

T.C. contempló su propia mano sobre la de él. Qué pequeña y delicada parecía comparada con las de Nick. Exactamente como él había dicho la noche anterior. Cerró los ojos y tomó aire, pero lo que llenó sus pulmones fue la deliciosa fragancia de aquel hombre. Como en sueños, pensó en inclinarse hacia delante y enterrar su nariz en el cuello de Nick... pero entonces algo parecido a un fuego líquido ardió en su dedo y la hizo ponerse en pie.

–¿Escuece un poco? –preguntó Nick mientras le sujetaba el codo con una mano. Al ver que se calmaba siguió aplicando el algodón empapado en antiséptico.

–Más bien mucho –murmuró ella.

Él se acercó más, tanto que cuando levantó la vista T.C. pudo distinguir diminutos puntos dorados en el azul de sus iris. Entonces él volvió a dedicarle aquella arrebatadora sonrisa, y T.C. no tuvo más remedio que devolvérsela.

–Buena chica –murmuró, y por alguna ridícula razón la mezcla de admiración y preocupación de su mirada le formó a T.C. un nudo en la garganta. Las lágrimas volvieron a asomar a sus ojos, y para su mortificación una rodó por su mejilla. Se la secó con la manga del brazo libre y se mordió el labio, aventurando una mirada fugaz desde detrás de sus pestañas.

La mano que sujetaba su codo se tensó levemente. Nick se inclinó sobre el botiquín que tenía a los pies.

—Ahora hay que taparte esto.

Tardó bastante más de lo necesario en ponerle una tirita, como si supiese que necesitaba tiempo para recuperarse. Tanta consideración la halagaba y la preocupaba al mismo tiempo.

—¿Todo bien? —murmuró por fin mientras acariciaba suavemente con un dedo el interior de su muñeca.

T.C. asintió, aunque no era cierto. Para empezar, aquel dedo parecía fuego sobre su piel sobreexcitada. Sabía que el gesto había sido solícito, no sensual, pero en aquel momento sus sentidos no atendían a razones. Él se movió, o quizá fue ella, o puede que fuera el aire que había entre ellos, porque volvió a percibir aquel perfume masculino.

De repente le pareció que enterrar la cara en el cuello de aquel hombre era lo único que podía hacer. Tenía los ojos cerrados, y debió dejarse caer hacia él, porque de repente el cubo sobre el que estaba sentada se inclinó hacia adelante, y habría caído sobre el regazo de Nick de no ser por el reflejo que le hizo apoyar las manos sobre su pecho.

—Eh, tampoco tienes por qué lanzarte a mis brazos.

La broma debería haber disipado lo violento de la situación. T.C. intentó devolverle la sonrisa, pero sus labios no colaboraron. Tenía la boca seca. Probó a retirar las manos, pero tampoco pudo. Y cuando se humedeció los labios, la mirada de Nick siguió el movimiento y su sonrisa se desvaneció. Durante un intenso momento ambos se estudiaron mutuamente, y T.C. pensó que el tiempo se había detenido.

Cerca de ellos un caballo resopló, rompiendo el hechizo, y en la boca de Nick volvió a dibujarse una sonrisa. T.C. podría haber escapado en aquel momento si hubiera querido, pero no quería. Se quedó quieta. La mano de Nick avanzó hacia ella. Sus dedos peinaron con lentitud su pelo y descendieron hacia su nuca. Entonces atrajo su rostro hacia sí, lenta y gradualmente, hasta que sus labios se encontraron.

Aquel hombre tenía unos labios calientes, que parecían saborear aquel primer contacto tanto como los suyos. Solo eran labios que se rozaban, se encontraban, se retiraban y regresaban, pero era el juego más delicioso que había experimentado en su vida.

T.C. dejó escapar un ronco gemido. La mano que tenía en la nuca siguió atrayéndola, y sus bocas se acercaron aún más. Muy lentamente él jugaba con sus labios y los lamía, invitándola a responder y haciendo que una cascada de placer bañara todo su cuerpo. Era lento, casi perezoso, pero sabía hacerlo muy bien. T.C. puso todos sus sentidos en la complejidad de un beso que hasta entonces no había imaginado que existiera.

Hasta que él se apartó súbitamente.

Entonces T.C. oyó ruido de cascos sobre cemento, un suave silbido y el tintineo de un bocado de acero. Era Jason que volvía de la pista.

41

Capítulo Cuatro

Como una adolescente a la que han sorprendido besuqueándose, T.C. se levantó de un salto.

—Jason ha vuelto —dijo por decir algo.

—Eso parece.

—Bueno... Creo que debería ayudarlo.

—Seguro que puede arreglárselas solo —dijo Nick razonable.

—¿Arreglármelas con qué? —preguntó Jason al aparecer por la puerta. Se detuvo y miró a T.C.—. ¿No ibas al pueblo a ver cómo opera Dave esa fisura?

«¡Gracias, Jason!» T.C. echó una ojeada a su reloj y dirigió una sonrisa de disculpa a Nick.

—Voy a tener que irme ya, o llegaré tarde.

—Tengo que comprar varias cosas en el pueblo —dijo él—. ¿Te llevo y charlamos por el camino?

—No, de verdad, no es necesario —respondió ella con vehemencia. Tenía que alejarse de él como fuera. Besar a Nick había sido un gran error—. Puedo pasarme horas con el veterinario, y luego tengo que hacer unas compras. Y tú tendrás cosas que hacer por la tarde.

Los labios de Nick se apretaron en un gesto obstinado, y T.C. se imaginó que la agarraba, se la echaba al hombro y la arrojaba en el asiento delantero de su coche. Se estremeció de placer solo de pensarlo.

—Mira, yo te traeré lo que quieras –insistió–. Voy a ducharme y a cambiarme. Haz una lista y déjamela en el parabrisas del Courier.

–¿Estarás fuera toda la tarde?

–A menos que Dave tenga que salir a una urgencia y aplace la operación.

Él pareció pensárselo. T.C. hubiera dado cualquier cosa por saber qué pensaba. Finalmente aquella peligrosa sonrisa volvió a aflorar a sus labios.

–¿Seguro que no te importa traerme unas cuantas cosas?

–Claro que no –dijo sonriente. Pero cuando llegaba a la puerta del establo él la llamó.

–Tamara. En cuanto a lo que hemos dejado a medias...

T.C. se dio la vuelta y sus ojos se clavaron en la boca que minutos antes había devorado con arrolladora sensualidad sus labios.

–...lo acabaremos después.

Nick acababa de ducharse después de una tarde de duro trabajo cuando oyó el motor de un coche que se detenía frente a la casa. Su pulso se aceleró levemente.

Haciendo caso omiso a la respuesta de su cuerpo se acercó al espejo del baño y cuando se enjabonaba la cara la puerta de la casa se cerró con un estruendoso portazo. Nick sabía que iba a estar enfadada, teniendo en cuenta la lista de compras que le había dejado en su coche. Sin duda era excesiva, pero no había tenido más remedio. Tenía que estar seguro de que pasaría fuera el tiempo suficiente, incluso si el veterinario cancelaba la ope-

43

ración. Necesitaba tiempo para reorganizar sus planes.

Mientras se repasaba la barbilla con la cuchilla de afeitar, se preguntó cuánto tiempo le duraría a T.C. el enfado, y lo que tendría que hacer él para quitárselo. La simple idea ya lo excitaba. Podía hacerse la dura todo lo que quisiera, pero aquel beso la había traicionado. Se ató una toalla a la cintura y se dirigió a su dormitorio para vestirse sin poder reprimir una sonrisa.

El ruido de las botas de T.C. contra el suelo de piedra debió impedirle oír la llegada de Nick, que se quedó apoyado contra el marco de la puerta mientras la veía moverse de un lado a otro de la cocina guardando paquetes en el frigorífico, la despensa y los armarios sin dejar de mascullar para sus adentros. Finalmente en una de sus idas y venidas detectó su presencia, e instantáneamente le flaquearon las piernas.

–Oh, si estás aquí.

–Siento no haber podido ayudarte a entrar todo esto –hizo un gesto hacia el montón de bolsas que había sobre la mesa–. Acabo de salir de la ducha, y pensé que preferirías que bajara vestido, ¿verdad?

T.C. observó sin querer cómo acababa de remeterse la camisa por dentro de los vaqueros.

–Sí... claro. Podrías ayudarme a guardar todo esto en lugar de ocupar espacio –dijo enterrando la cabeza en una bolsa.

–Podría, pero no tendría el placer de contemplarte.

Ella volvió los ojos al cielo, apretó las mandíbulas y siguió guardando las compras.

En realidad Nick no había mentido. Pensó que aquel aire malhumorado la sentaba tan bien como los jeans perfectamente ceñidos. El top no cubría demasiado, y cuando metió las manos en la siguiente bolsa su cintura quedó provocativamente descubierta. Nick sintió el impulso de acariciar aquella piel con sus manos y posar los labios sobre su suave y dorada nuca.

Como si le hubiera leído el pensamiento, T.C. saltó a un lado para poner más espacio entre ellos... y se dio un golpe en la cadera contra el pomo de la puerta. Se llevó la mano a la cadera, y Nick observó que era la mano que se había herido por la mañana.

–¿Qué tal tu dedo?

–Sobreviviré –dijo ella secamente.

–¿Has ido al médico?

–Es un arañazo, por el amor de Dios. Olvídalo –dijo mientras sacaba un papel arrugado del bolsillo. Nick reconoció su lista–. Lo he encontrado casi todo, pero no he sido capaz de descifrar este... jeroglífico. Supongo que era algún tipo de aguardiente. Esto es lo mejor que he encontrado.

T.C. buscó en la última bolsa y puso sobre la mesa una botella.

–¿Es de cereza?

–¿Y eso importa mucho? –estalló ella con una mirada furibunda.

Nick se frotó la barbilla como si lo meditara. Por supuesto que no tenía importancia. Había añadido aquello a la lista mientras pensaba en el impacto de aquel beso aromático, dulce y embriagador... que le había recordado al aguardiente de cereza.

–¡Por favor! Cuando me ofrecí a hacerte la compra pensaba en cosas básicas, no en licores exóticos, pasta fresca y salmón escocés. Riddells Crossing no es exactamente el paraíso del gourmet –dijo mientras hacía una bola con la última bolsa y la tiraba a la basura.

Nick podía percibir la vibración de su rabia en el aire, pero no pudo resistirse a seguir avivando el fuego.

–Según mi experiencia salir de compras mejora el humor de las mujeres –dijo con aire inocente–. Mejora su disposición.

–¿Su disposición a cocinar para ti? –le espetó ella lanzando fuego verde por los ojos.

–Unas veces sí –dijo él arrastrando las palabras–. Otras simplemente se saltan ese paso y van directamente al postre.

–Me parece muy bien. A mí nunca me ha ido mucho el dulce.

Nick se echó a reír. Aquella mujer era un auténtico cardo, pero no le importaba. Hacía mucho tiempo que no lo pasaba tan bien.

–Esto ya está, así que te dejo –añadió T.C. tajante.

Nick se sobresaltó levemente. No podía irse ahora, no sin darle la oportunidad de jugar un poco más.

–No te he dado las gracias por hacer la compra –dijo mientras se interponía entre la encimera y el banco cerrándole el paso. Cruzó un brazo por detrás de ella y agarró una botella de vino.

–Oh –T.C. parecía esperar algo más de su proximidad–. No, tengo que irme. Mi compra todavía está en el coche y se va a calentar.

–¿De verdad? No me ha parecido que hiciera calor. ¿Tienes tú calor, Tamara?

Ella negó con la cabeza. «Mentirosa», pensó Nick. El calor suavizaba el brillo de sus ojos verdes y coloreaba sus mejillas y su cuello. Nick observó la vena que latía en la base de su garganta. De repente el deseo de posar sus labios sobre ese punto se apoderó de él. «Calma», se dijo. El instinto le decía que ella todavía no estaba preparada para eso. Con una extraña sonrisa deslizó suavemente el dorso de sus dedos por aquella garganta perfecta. T.C. tragó saliva convulsivamente y retrocedió.

–Por favor, no me toques –murmuró con un hilo de voz y los ojos muy abiertos.

–Antes en el establo no te importó.

–Eso fue un error. Estaba contrariada por el accidente, y... –tomó aire temblorosamente–. No volverá a ocurrir.

–Eso sería una pena.

–¡Por favor! No te pongas en plan superior.

–No lo hago. Disfruté mucho besándote. Quiero volver a hacerlo –dijo y la observó entrecerrando los ojos–. Pensaba que el placer había sido compartido.

Ella apartó la vista.

–Como beso estuvo bien, pero no me interesa ir más allá.

Por un segundo Nick pensó en demostrarle que ambos besaban bastante mejor que bien. Levantó una mano lentamente hacia su rostro, pero ella retrocedió asustada. ¿Tenía miedo de que se acercara demasiado? ¿De su propia respuesta? ¿De la química que había entre ellos?

No importaba. Nick quería que ella también fuera hacia él. Que se encontraran a mitad de camino, como en el establo. Por eso se apartó.

–Creo que es hora de que hablemos, Tamara –dijo mientras descorchaba la botella de vino con un experto giro de muñeca.

T.C. pensó que tenía que salir de allí, pero se quedó mirando cómo Nick servía dos copas, tomaba una entre sus dedos y hacía girar el vino rojo rubí contemplándolo a la luz. Entonces se lo llevó a los labios y tomó un generoso sorbo. Una ola de deseo recorrió el cuerpo de T.C. Se moría por probar aquel vino de sus labios, de su lengua.

–Tengo que irme ya.

–¿No quieres hablar sobre nuestra sociedad?

–Claro que sí.

–¿Por qué no sacas el vino al salón, y yo pongo un par de filetes en la plancha?

–No –dijo ella tajante. No podía comer con él, beber con él y concentrarse en los negocios–. No puedo quedarme.

–¿No puedes o no quieres?

–Es que voy a salir –insistió. En realidad Dave la había invitado a cenar. Ella había declinado la invitación, pero acababa de cambiar de idea–. He quedado para cenar.

La copa de Nick se detuvo antes de llegar a su boca.

–¿Con tu amigo el veterinario?

–¿Cómo lo sabes?

–Me lo he imaginado.

T.C. le observó cuidadosamente mientras él hacía girar el vino en la copa con gesto inocente. La indignación se apoderó de su cuerpo de repente.

–Supongo que te has pasado la tarde sonsacando a Jason.

–Hemos charlado un poco.

–¿Y el nombre de Dave ha aparecido casualmente?

–Hablábamos de las llamadas anónimas que has recibido –dijo él con tono neutral–. Le pregunté a Jason por tus ex novios, y salió el nombre del veterinario.

–Jason no es mi ex novio.

–¿No es tu ex, o no es tu novio?

–No tienes derecho a interrogar a Jason sobre mis amigos –dijo T.C. secamente, aunque podía haber utilizado el singular, tal era el estado de su vida social–. Esas llamadas no tienen un motivo lógico. Ya te dije que serán los críos del pueblo.

–Si ese es el caso, se acabarán. He contratado un número que no constará en la guía y ya está funcionando –dijo mientras sacaba un papel de su bolsillo–. No se lo des a nadie en quien no confíes plenamente, ¿entendido?

Según tomaba aquel papel, T.C. sintió algo que no había sentido en mucho tiempo: que alguien se preocupaba por ella. Y aquello le pareció tan peligrosamente seductor como el suave contacto de sus labios.

–Gracias –dijo al tiempo que se metía las manos junto con la nota en los bolsillos traseros del pantalón–. Debería haberlo hecho yo misma. No sé cómo no se me ocurrió.

–Quizá tenías demasiadas cosas en qué pensar.

Quizá. O quizá no quería admitir que se sentía

demasiado asustada y amenazada porque no quería parecer débil.

—¿Y de qué más has hablado con Jason? —preguntó para cambiar de tema.

—De caballos, sobre todo. De los trabajos de los establos... Es un buen chico. Elegiste bien.

—Fue Joe quien lo eligió. Su madre trabajaba aquí a veces atendiendo la casa hasta que su marido murió. Jason empezó a meterse en líos. Malas compañías. Joe le dio una oportunidad y resultó tener un talento innato.

—Él dice que lo ha aprendido todo de ti. Que tú eres quien ha nacido para esto.

—Te dije que era buena en lo mío —dijo T.C. con una risa nerviosa.

—Es verdad. ¿Sabes? Lo he pasado bien esta tarde. Había olvidado los placeres sencillos del trabajo manual, de sudar y ponerte perdido de polvo.

—¿Has ayudado a Jason a limpiar los establos?

Él se echó a reír ante su expresión de incredulidad.

—¿Tanto te extraña? Entre los dos hemos acabado en la mitad de tiempo.

—¿Y qué habéis hecho con todo el que os ha sobrado?

T.C. comprendió por la minúscula pausa que no le iba a gustar la respuesta.

—Hemos trasladado tus cosas a la casa.

—¿Que habéis...? ¿Habéis movido mis cosas? —solo de pensar en aquellas manos tocando sus cosas, su ropa interior, la recorrió un escalofrío—. Preferiría que no lo hubierais hecho.

—Te dije anoche que tenías que trasladarte. Jason estuvo de acuerdo conmigo en que sería más fácil presentarte un hecho consumado.

—Jason no sabría lo que es un hecho consumado aunque le mordiera en el trasero.

La risa de Nick fue rápida e inesperada, y como todo en él, altamente contagiosa. T.C. no pudo evitar contestarle con una sonrisa.

—Eres una mujer sorprendente. Pensé que ya te habrías lanzado a mi yugular.

—Debería hacerlo. Y puede que acabe haciéndolo. No soporto que nadie toque mis cosas.

—Sí, tienes derecho a estar enfadada —dijo él lentamente—. ¿Cuánto tarda en pasar normalmente?

El teléfono cortó la conversación como un cuchillo. T.C. hubiera podido jurar que sus pies habían dejado de tocar el suelo. Antes de poder evitarlo sus ojos llenos de pánico se clavaron en los de Nick. Él tomó el inalámbrico que había en el banco de la cocina y sus ojos dijeron a T.C. exactamente lo que necesitaba oír. «Relájate. No estás sola. Yo me encargo de esto».

—¿Sí? —dijo con voz seca y fuerte en el auricular. Al instante la expresión de sus ojos, clavados en los de T.C., se suavizó, al igual que su voz al contestar—. Lissa, cariño, ¿cómo va todo?

Una lenta y amplia sonrisa relajó su rostro mientras escuchaba la larga respuesta de «Lissa cariño». T.C. observó que de hecho todo el cuerpo de Nick se relajaba, como si se hubiera producido una extraña transferencia de energía a través del cable. Al mismo tiempo la tensión se acumulaba en el suyo hasta que no pudo resistir más.

—Tengo que irme —dijo moviendo los labios, e

hizo un gesto en dirección a la puerta. Nick tapó el auricular con una mano. No iba a dejarla escapar así.

—Espera un momento. Quiero hablar contigo.

Pero ella siguió moviéndose y no se detuvo hasta haber cerrado la puerta dejando atrás la voz y los ojos que la exigían que se quedara mientras otra mujer, una mujer en la que confiaba tanto como para darle el nuevo número de teléfono, esperaba al otro lado de la línea. «Nick, cariño, me parece que no».

—¿Vas a aceptar ese trabajo en el oeste? —Big Will, que llevaba solo el único bar de Riddells Crossing, pasó a la vez a T.C. la cerveza que había pedido y la pregunta que menos esperaba.

—¿Me he perdido algo? —dijo ella sacudiendo la cabeza.

—Ahora que ha aparecido el hijo y heredero, ¿vas a aceptar ese trabajo que te ofrecieron?

—Ah, así que Jason ya ha pasado por aquí.

—Eso es —sonrió Will—. Pero se fue pronto. Red está aquí.

T.C. volvió la cabeza y vio a Red Wilmot en el extremo contrario del bar, apoyado en la máquina de discos. Había vuelto hacía poco de una larga estancia en un centro de detención de menores de la que Jason se había librado por poco. T.C. apartó la mirada. No era bueno que hubiera vuelto al pueblo.

—Podías habernos traído a ese Corelli para que lo viéramos —dijo alguien desde una de las mesas de la derecha. Tenía que ser Judy Meicklejohn.

–Va a cenar con Dave –informó alguien a Judy–. ¿Cómo iba a venir con otro tipo?

–¿En serio? No sabía que Dave y tú fuerais de parejita...

–No digas tonterías –se defendió ella–. Somos amigos.

T.C. se removió incómoda en el taburete. Le había dicho a Nick que tenía una cena con Dave, pero a él no le había dicho que solo eran amigos. «¿Por qué, Tamara Cole? ¿Qué querías, ahuyentarlo, o que pensara que otro hombre te desea?»

–Vamos, cuenta, T.C. –insistió Judy–. ¿Cómo es ese Corelli?

–Llegó anoche –respondió ella con cuidado–. Todavía no lo sé.

–¿Crees que conservará el rancho? –preguntó Will.

–¿Qué iba a querer un señorito de ciudad en un sitio como este? –intervino Judy.

–A Joe le gustaba esto –dijo alguien–. Puede que a él también le guste.

T.C. dejó de oír la conversación. Se había quedado en lo de «¿Cómo es ese Corelli?» y estaba pensando que quizá se había equivocado un poco con él. En un solo día había descubierto a un verdadero hombre debajo del descarado seductor. Aquel hombre le había curado una herida con cariñosa destreza, se había pasado media tarde paleando estiércol con Jason, y se había preocupado por su seguridad y su comodidad lo suficiente como para trasladar sus cosas a la casa y cambiar el número de teléfono.

«¿Y cuál de esos dos hombres ha cambiado tu

percepción de lo que es un beso, Tamara Cole? ¿El hombre de verdad o el descarado seductor?»

T.C. frunció el ceño con la vista clavada en su cerveza y decidió que había sido el seductor, el que había dejado hablando encantado con «Lissa cariño». Porque si había sido el hombre de verdad, entonces ella tenía un problema muy, muy grande.

Capítulo Cinco

−¿Hay alguien en concreto a quien no quieras despertar?

La pregunta sobresaltó a T.C. tanto que dejó caer las botas que llevaba en la mano. Al volver la cabeza notó un tirón en el cuello. «¡Perfecto! Lo que me faltaba era una tortícolis». Se frotó la zona dolorida con una mano y lanzó una mirada asesina al responsable. Apoyado en la puerta del despacho con una taza de café en una mano y un montón de papeles en la otra parecía demasiado despierto a las cinco y media de la mañana.

−No esperaba verte levantado tan pronto −admitió ella.

−Aún no me he ajustado al cambio de horario. Me acosté a las diez, pero a las tres estaba despierto. ¿Lo has pasado bien?

−Mucho −recalcó T.C. Y no era del todo mentira. Dave había llegado tarde de una urgencia de última hora, y en vez de ir al restaurante habían encargado comida china. Dave se había quedado dormido a mitad de la película de policías que acompañaba el *chop suey* y T.C. se había quedado viendo la televisión hasta altas horas y repitiéndose que prefería una velada cómoda y sin sobresaltos a una noche impredecible y peligrosa. Es decir, a una velada de vino y carne a la parrilla con Nick.

—El café está caliente —propuso él.

—No, gracias —se excusó T.C., poniendo a prueba una vez más su fuerza de voluntad—. Me tomaré un zumo. Tengo mucho que hacer.

Recogió sus botas del suelo y puso rumbo a la cocina.

—¿Siempre empiezas tan pronto? —preguntó Nick a su espalda.

—Casi siempre —dijo T.C., reprimiendo el impulso de tirarle las botas. Según tomaba un vaso y abría el frigorífico sintió aquella cálida mirada desde la nuca a los pies.

—¿Seguro que no quieres un café?

Ella murmuró una negativa mientras metía la cabeza aún más en el frigorífico e intentaba recordar qué estaba buscando. Finalmente cerró la puerta y comprobó que Nick seguía observándola. El efecto ligeramente refrescante del frigorífico se evaporó al instante.

—Hasta luego —dijo mientras tomaba una manzana del frutero y salía de la cocina a toda velocidad.

—¿Eso desayunas? —preguntó él siguiéndola hasta la puerta trasera.

—No me gusta desayunar fuerte —mintió ella—. Suelo comer algo después de hacer correr a los caballos. Es lo que hacemos siempre Jason y yo a primera hora.

—Jason llegará un poco tarde, pero si quieres...

—¿Qué significa «un poco tarde»? —saltó ella.

—Las diez o las once —dijo él como si no tuviera importancia.

–Podrías habérmelo dicho.

–Lo intenté anoche, pero saliste disparada sin darme tiempo a decírtelo.

Era cierto, pero no por ello resultaba más fácil de digerir.

–Te agradeceré que me consultes antes de darle más tiempo libre –dijo con voz tensa.

–Claro –su voz sonó conciliadora, pero al agacharse para ponerse las botas T.C. percibió cierta frialdad en su mirada–. Por si te interesa la razón, su madre quería que la llevara al cementerio.

El cementerio. Una oleada de remordimiento sacudió su cuerpo. Era el aniversario de la muerte del padre de Jason, y ella debía haberse acordado. Ella debía haberle dado la mañana libre. Y él debía habérsela pedido a ella.

–Se me olvidó. Podría haberlos llevado yo. O haberle dado el día libre.

–Se tomó un par de horas porque insistí.

–¿Tan dura soy como jefa?

–No quería cargarte más de trabajo. Vamos, cuanto antes empecemos antes podremos desayunar.

T.C. no se movió. Necesitaba estar sola. No iba a poder soportar la enervante presencia de Nick.

–No tienes por qué ayudarme.

–Sí, le prometí a Jason que lo haría.

–No tengo tiempo para enseñarte a hacerlo –insistió ella negando con la cabeza–. Acabaré más rápido sola.

–No pasa nada por aceptar una ayuda, Tamara.

–La aceptaría si fuera una ayuda.

Él dejó escapar un suspiro y dejó vagar su mirada a lo lejos.

–Tenemos que hablar de nuestra sociedad. ¿Crees que podrás encontrar un rato libre en tu apretada agenda?

Su voz era tan cálida como una ventisca polar. T.C. se repitió que no le importaba lo que él pensara de ella, pero sí aquella conversación.

–¿Esta tarde, cuando termine el trabajo?

–Bien –dijo él y se alejó por donde habían venido.

T.C. contuvo el aliento hasta que desapareció. Por fin se había librado de él hasta la tarde. Las cosas no podían ir mejor. ¿Pero entonces por qué sentía un deseo tan intenso de llamarlo?

Nick tardó toda la mañana en revisar los documentos que Melissa le había mandado por *email*. Su socia era un auténtico sargento, pero había que reconocer que era un auténtico genio para los negocios. Tratar con ella a distancia tenía sus ventajas. Por ejemplo, podía llamarla «Lissa, cariño» sin correr peligro inmediato. A Melissa no le gustaba nada ni el diminutivo ni que la llamara «cariño».

¿Entonces por qué había contestado así el teléfono? ¿Para hacerla rabiar, o porque quería demostrarle algo a Tamara? Y en ese caso, ¿qué quería demostrar?

Que le traía sin cuidado lo que hiciera con ese novio o lo que fuera. Que él solo estaba perfectamente, gracias. Con un empujón impaciente alejó el sillón con ruedas del escritorio y dejó que diera media vuelta. Estiró los brazos hacia el techo con los dedos entrelazados e hizo crujir los nudillos.

Tamara había dejado bien claro que no quería su ayuda, que no quería nada de él. Era cierto que le atraía en muchos aspectos, como el valor que había mostrado al enfrentarse a él la primera noche, su inquebrantable lealtad a Joe, el increíblemente estimulante tacto de sus manos... oh, y desde luego su forma de besar. Pero era demasiado arisca, y demasiado compleja. No le daría más que dolores de cabeza.

En cuanto hubiera disuelto aquella sociedad tomaría el primer avión de vuelta a su vida, la vida que él había elegido. Asintió con firmeza y se enfrentó al cajón de documentos que George le había dado durante su breve encuentro.

Eran casi las siete cuando T.C. se obligó a bajar al salón. Quería haberlo hecho mucho antes, pero para cuando Jason había llegado ella iba muy retrasada. Se había pasado el día queriendo hablar con él, pero no encontraba las palabras, y eso la había contrariado, con lo que todo había llevado más tiempo del necesario. Al terminar había necesitado una larga ducha, y después había pasado largo rato intentando decidir qué ponerse hasta que finalmente había optado por lo habitual, unos jeans, una camiseta y una camisa de franela.

Aquella conversación iba a decidir su futuro, y por mucho que la temiera no podía aplazarla más. Así que se armó de valor, llamó a la puerta del despacho y la entreabrió lo suficiente para informar a Nick de que lo esperaría en el salón. No había esperado respuesta, ni siquiera había mirado dentro. Había cerrado la puerta y se había alejado.

Quizá su padre tenía razón después de todo. Quizá era una niña jugando en un mundo de hombres.

Antes de que pudiera seguir autocompadeciéndose, Nick entró en la habitación. Verlo moverse, tan relajado y elegantemente masculino, tuvo el efecto habitual. Su pulso se aceleró, el aire de sus pulmones se volvió caliente y espeso, y el suave algodón de sus desgastados vaqueros y la franela de la camisa parecieron ahogarla.

–Esto es para ti –dijo él sin preámbulos–. Creo que deberías leerlo antes de que hablemos.

¿Leer qué? T.C. parpadeó y observó el sobre que Nick tenía en la mano. «Otra carta desde la tumba», pensó.

–¿De dónde ha salido eso?

–Estaba entre los papeles que me dio George. No los había revisado hasta esta tarde.

–¿Cómo que entre los papeles? ¿Estaba escondido? ¿Nadie sabía que estaba ahí?

–No lo sé. Lo siento pero es la verdad –al ver que no tomaba el sobre lo dejó caer sobre su regazo–. Te dejo que lo leas a solas. Después hablaremos.

T.C. se quedó mirando el sobre como hipnotizada. «¿Qué te pasa? ¿Por qué no lo abres?»

No había nada que temer. La carta era de Joe, no de su padre. Esta vez no iba a encontrar en su interior amargos reproches. Nadie iba a recriminarle lo mala hija que había sido, ni tampoco que hubiera sido una hija. Ni le iban a decir con frías palabras que su casa familiar, las cuadras y todos los caballos eran para un tío suyo que apenas conocía. Cerró los ojos con fuerza como si así pudiera contener el dolor y después de tomar aliento rasgó el sobre.

Nick pensó que necesitaba estar sola, e intentó localizar a George una vez más. Tampoco iba a servir de mucho hablar con él, como era habitual. Simplemente negaría tener conocimiento de la existencia de la carta. Así era George. Marcó su número por enésima vez, pero entonces volvió a ver el rostro de Tamara contemplando el sobre, pálida como si Joe se le hubiera aparecido. Soltó un juramento entre dientes, colgó el auricular y salió a buscarla.

Estaba sentada en los escalones del porche. La perra que tenía en los brazos lo miró con expresión solemne, pero Tamara no se movió. Nick supo que había estado llorando. ¡Mierda!

Se sentó a su lado y notó como el cuerpo de la joven se tensaba.

—Aquí tienes un hombro, si necesitas desahogarte.

—No estoy llorando —dijo ella, y se pasó el dorso de una mano por los ojos.

—No pasa nada. La camisa se puede mojar —insistió él.

—Sí que pasa. Llorar es de débiles, de estúpidos y de mujeres.

Nick rio suavemente.

—Cualquiera que haya intentado entrar en tu establo en mitad de la noche sabe que no eres débil. Mujer sí, desde luego. Pero no débil.

—Y estúpida, no lo olvides.

—Ya, bueno, hay quien podría considerar estúpido lo que hiciste –dijo él con una sonrisa–. Otros lo llamarían valor. ¿Quieres hablar de la carta de Joe?

–¿A ti qué te decía? –preguntó ella con cuidado. Nick sacudió la cabeza sin entender–. En tu carta. ¿No te dejó otra carta?

–No.

–Pero tú eres su hijo –dijo volviéndose hacia él con el ceño levemente fruncido–. ¿Por qué iba a escribirme a mí y no a ti?

–Quizá se sentía más cerca de ti que de su familia.

–Los primeros años que trabajé aquí no lo conocía –dijo T.C. suavemente–. No venía mucho por aquí. Algún día, cuando podía. Llamaba quizá una vez a la semana. Cuando murió su esposa empezó a pasar aquí fines de semana, a veces más tiempo. Casi entiendo que la gente empezara a pensar que estábamos... –se aclaró la garganta–. Pero los últimos seis meses pasaba aquí casi todo el tiempo.

–¿Sabía ya que estaba...?

«Muriéndose». Ninguno pronunció la palabra, pero quedó suspendida en el aire. Nick pensó que ese aire se estaba espesando y que por eso le costaba respirar.

–No lo sé –respondió ella con la misma voz suave y pensativa–. A mí no me dijo nada. No creo que nadie supiera que estaba tan enfermo.

Al menos a él nadie le había dicho una palabra. Había pasado un mes en Alaska y al volver había encontrado la fría carta del abogado.

–Yo no lo sabía –dijo con voz cavernosa–. Cuando me enteré ya había muerto.

T.C. le puso una mano en el brazo, y Nick no lo retiró. Esta vez aceptó el firme y cálido contacto. Lo aceptó aunque esperaba el típico comentario compasivo, pero ella lo sorprendió no diciendo nada. Estuvieron sentados así un buen rato, envueltos en un silencio reconfortante. Entonces ella movió la mano levemente. No era ni siquiera una caricia, pero los sentidos de Nick se desbocaron en un instante. Percibió la dulce fragancia de alguna hierba olorosa y un buho ululó a lo lejos. Ella se acercó más. Sus ojos resplandecían a la luz del anochecer.

Apenas un suspiro separaba sus labios cuando Bi pareció volver a la vida en el regazo de T.C., que volvió la cabeza rápidamente. Los labios de Nick rozaron su mejilla. Ella dejó escapar una tímida risa y se puso en pie de un salto, sacudiéndose el polvo de los pantalones.

–Tengo que ir a echar unas mantas a los caballos. Las noches cada vez son más frías –comentó, y sin aguardar respuesta echó a andar por el sendero hacia los establos.

–¿Cómo vamos a organizar nada si siempre te escapas? –le gritó Nick desde el porche. Ella se detuvo sin volverse.

–¡Tengo que tapar a los caballos!

–¡Tenemos que hablar de nuestra sociedad!

T.C. se pasó los dedos por sus revueltos cabellos y dejó escapar un leve suspiro.

–¿Entonces por qué no vienes a ayudarme?

T.C. pasó la mano bajo la manta que cubría a Monte e hizo una seña a Nick, que le tiró otra más pesada encima. Había hecho bien al aceptar su ayuda, y Nick tenía razón en algo: no podía seguir huyendo. Antes o después tenían que aclarar la situación.

–Joe me dio la participación en Yarra Park como un seguro.

–¿Un seguro contra qué? –preguntó Nick mientras seguía sujetando la manta a las patas del caballo.

–Contra la venta. Temía que tú vendieras la propiedad sin pensarlo dos veces –T.C. aspiró con fuerza aquel aire que olía a heno, a caballo y a todo lo que la importaba–. ¿Tenía razón?

–Sí.

–Pero no puedes hacerlo si yo no quiero. Por eso me dejó Joe la mitad de la cuadra –era una buena razón, una razón que ella entendía muy bien. Ojalá hubiera sido la única que le había dado Joe en la carta.

–Puedo comprarte tu mitad.

–No voy a aceptar ninguna oferta.

–¿Y si te ofrezco lo bastante para montar tu propia cuadra?

Según salía del cubículo Nick le dedicó una sonrisa a juego con su calculadora mirada. Así que aquel era Nick el hombre de negocios, el genio de las finanzas. Era curioso, pero aquella versión de Nick no la asustaba.

–El dinero no me interesa. Esto no tiene nada que ver con el dinero. Joe levantó este rancho de la nada, y puso todo su corazón en él. Esto no es ningún premio de consolación, Nick. Este lugar era lo que más le importaba. Amaba Yarra Park, y no quería que se vendiera. Tienes que entender lo que significaba para él.

En sus ojos ardía una pasión arrolladora. A tan corta distancia Nick casi podía percibir cómo vibraba en todo su cuerpo. Se preguntó que se sentiría al estar dentro de ella, envuelto por toda aquella pasión. Alzó una mano y la apoyó en el hombro de T.C. Sintió cómo a ella se le aceleraba el pulso, y cómo su propio corazón se le salía del pecho.

–Tú sí lo entiendes. Quizá debería cederte a ti mi parte –murmuró con la mirada clavada en sus labios, hipnotizado por ellos.

–¡Tú debes estar loco! –exclamó ella apartándose bruscamente. El brazo de Nick cayó a su costado y se quedó mirando aquellos enormes ojos verdes que lo miraban con repentina dureza–. No tienes por qué vender. No necesitas el dinero.

–¿Qué sugieres que hagamos?

–Nada. Tú te vuelves a Nueva York y yo sigo dirigiendo Yarra Park como he hecho hasta ahora.

Habría sido fácil acceder. Era cierto que no necesitaba el dinero, y a pesar de que solo hacía dos días que la conocía, tenía plena confianza en ella.

–¿Qué dices? –preguntó T.C. reprimiendo a duras penas la impaciencia.

–Bien –dijo él lentamente, pero cuando vio iluminarse el rostro de aquella mujer con el resplandor de un amanecer perfecto, el lado más perverso de su naturaleza pisó el freno–. Lo pensaré. Mientras tanto, me gustaría ayudaros aquí. Si aprendo cómo funciona todo en el rancho, después será más fácil comunicarnos a distancia.

La sonrisa de T.C. se redujo aproximadamente a la mitad.

–¿Qué quieres decir? ¿No vas a volver a Nueva York?

–No inmediatamente. Prefiero meditar todo esto sobre el terreno.

–¿Y tus negocios?

–Con un módem y un teléfono puedo atenderlos desde cualquier parte. Eso es lo mejor de mi trabajo.

T.C. tragó saliva y se aclaró la garganta.

–¿Cuánto tiempo te quedarás?

–El que sea necesario.

«¿El que sea necesario para qué?» se preguntó T.C. aterrada. ¿Para evaluar su competencia como directora de la cuadra y su integridad como socia? ¿O para que ella dejara de huir?

Nick tampoco parecía saber la respuesta. Una hora antes estaba dispuesto a hacer las maletas. Al cabo de media hora estaba sentado en el porche con la mano de T.C. sobre su brazo y no le hubiera importado quedarse allí para siempre. Y hacía cinco minutos estaba pensando en hacer el amor con ella salvajemente contra una pared del establo.

Aquellos pensamientos debieron aflorar a su rostro, porque T.C. dio un paso atrás.

–No pienso acostarme contigo –murmuró torpemente.

–Bien, me alegro de que hayamos aclarado eso –dijo él con calma, y como si hubiera sido verdad, sonrió inocentemente y arqueó una ceja–. ¿Pero no crees que habrías quedado mejor esperando a que te lo pidiera?

Capítulo Seis

Hacia la media noche T.C. dejó de intentar dormir, saltó de la cama y se llevó una mano al estómago vacío. Cenar era lo último que había pensado cuando se había retirado en silencio después del humillante comentario de Nick.

«No pienso acostarme contigo». ¿Cómo había podido decir algo así? Sí, lo había pensado. Muchas veces. ¿Qué mujer de carne y hueso no hubiera fantaseado con tener a Nick Corelli en su cama? Pero ella se lo había dicho, en la cara, y ahora tendría que hacer frente al mortificante hecho de que había malinterpretado aquellos besos y aquellas caricias. Seguramente trataba a todas las mujeres igual. Un poco de flirteo, y mucho encanto. Haría bien en no olvidar qué clase de hombre era, y a aquella clase de hombres sabía enfrentarse. Su experiencia con Miles la había enseñado mucho.

Pero no iba a ser tan fácil vérselas con el hombre que había estado sentado con ella en el porche. Había estado a punto de caer en sus redes, de apoyarse en su fuerza, de soltar todo lo que llevaba enterrado en su interior. ¿Cómo iba a poder trabajar con aquel hombre? ¿Y cómo no iba a hacerlo, sabiendo que era la única forma de pagar la deuda que tenía con Joe?

Con un largo suspiro se puso en pie y siguió a

su estómago a la cocina. No hacía falta encender la luz. La luna llena iluminaba la estancia lo suficiente para servirse un vaso de leche y buscar en la despensa algo que no necesitase preparación. Se decidió por unos bizcochos de chocolate que Cheryl, la madre de Jason le había enviado la semana anterior.

Según se sentaba en el salón con la bandeja delante sintió una punzada de remordimiento. Los últimos meses había estado demasiado inmersa en su propio dolor para pensar en la terrible pérdida que había sufrido Cheryl un año atrás. Había llorado largamente a su marido. Era una de esas parejas que comparten un vínculo especial, algo que se notaba en la calidez de su hogar, en las miradas que intercambiaban y las caricias fugaces, como si se comunicaran en un lenguaje secreto que solo ellos conocían.

A menudo T.C. se había preguntado cómo sería compartir esa clase de intimidad con alguien. Pero solía acabar reprendiéndose por ansiar lo inalcanzable. Era mejor ser fuerte y autosuficiente que depender de otro para ser feliz.

–¿No podías dormir?

Volvió la cabeza y vio a Nick apoyado en el arco que daba entrada al salón. Su corazón se aceleró al instante.

–La luna llena siempre me quita el sueño –mintió ella. No era muy buena excusa, pero qué se le iba a hacer.

Él entró en la habitación con el pelo revuelto, el torso y las largas piernas desnudos. Solo iba cubierto por unos shorts. T.C. apartó la vista, pero él se sentó al otro lado del sofá.

–Deberías haber salido a cenar. No puedes vivir de chucherías.

–Eso dice Cheryl –comentó con una leve sonrisa–. Ahora mismo estaba pensando en ella y en su marido, Pete. Supongo que es otra de las razones por las que no podía dormir.

–¿Quieres saber por qué no podía dormir yo? –Nick inclinó la cabeza y la luz de la luna cayó sobre su rostro acentuando los ángulos de su pómulo y su mentón.

–Supongo que tienes muchas cosas en la cabeza –aventuró ella–. Al menos a mí me ocurre.

Nick se volvió aún más hacia ella. T.C. tuvo que hacer un esfuerzo por no mirar aquel cuerpo casi desnudo, la oscura mancha de vello que cubría su pecho y descendía estrechándose hasta desaparecer bajo la cintura de los shorts. Tenía que concentrarse en otra cosa. No en aquellas largas piernas de atleta. ¿Quizá en sus brazos? Uno descansaba sobre el respaldo del sofá, y según sus ojos seguían la fuerte curva de sus bíceps y las suaves, casi vulnerables líneas de la cara interior del brazo, la atracción que sintió fue tan intensa que empezó a faltarle el aire. Tuvo que forzarse a apartar la mirada para poder respirar.

–No podía dormir porque estaba pensando en lo que me dijiste en el establo y en mi estúpida reacción –dijo él finalmente.

T.C. guardó silencio. Sabía perfectamente a qué se refería. «No pienso acostarme contigo».

–¿Es por ese veterinario?

–¿Dave? –por un instante T.C. pensó en mentir, pero le pareció que el momento pedía un poco de honestidad–. No. Dave es un buen amigo. Ojalá hubiera más, pero... –se encogió de hombros.

–¿No hay fuego?

–Ni una chispa. Mira, fue ridículo por mi parte dar por sentado que...

–¿Que quería meterte en mi cama? –sus ojos se encontraron, y ambos sostuvieron la mirada. T.C. creyó que su cuerpo iba a incendiarse–. Fue una suposición absolutamente correcta.

Le costó uno segundos asimilar aquellas sencillas palabras. ¿Por qué las había dicho? ¿Y realmente ella quería saberlo?

–Otra vez tienes esa mirada de miedo. ¿Qué es lo que temes?

–Me da miedo pensar que estoy en aguas demasiado profundas para mí –confesó ella en un murmullo–. Y no sé lo que quieres de mí.

–Creo que lo sabes, y que eso es lo que te da miedo –su voz era suave como la luz de la luna y oscura y atrayente como las sombras.

T.C. dejó escapar un suspiro y se revolvió en el sofá. Sentía el impulso irrefrenable de escapar, pero tenía que aclarar la situación de una vez.

–Mira, me siento atraída por ti, físicamente... Y todo este drama emocional nos ha unido de alguna manera. Lo que sentíamos por Joe, y todo eso. Pero no hay nada más. Si no hubiera sido por Joe jamás nos habríamos conocido. Tú no eres el tipo de hombre que yo podría conocer en casa de unos amigos. Y si nos cruzáramos por la calle tú ni siquiera me verías.

–¿Eso cómo lo sabes?

Ella volvió los ojos al cielo.

–Créeme, lo sé. No vivimos en el mismo mundo, Nick. No tenemos nada en común.

–Excepto el lazo que Joe ha creado entre nosotros.

T.C. se estremeció al oír aquellas palabras. Sospechaba que el tipo de lazo que Joe había pretendido crear entre ellos llegaba mucho más lejos. Tenía que cambiar de tema.

–He estado pensando... –empezó a decir, pero tuvo que detenerse y aclararse la voz–. He estado pensando en lo que te dije antes, que podías volver a Nueva York y yo seguiría dirigiendo Yarra Park.

–¿Has cambiado de idea?

–No –dijo ella negando enérgicamente con la cabeza–. Pero creo que no me expliqué bien del todo. No creo que deba aceptar esta herencia.

–Esa fue la voluntad de Joe.

–Solo en cierto sentido. Habría sido más sencillo que te hubiera dejado a ti la cuadra con la condición de que me mantuvieras como directora.

–Tú misma lo dijiste antes. No confiaba en mí, sabía que la vendería.

–¿Y si yo te cedo mi mitad a condición de que no vendas?

–Un momento –dijo Nick alzando una mano–. ¿No aceptarías ningún precio por tu mitad, pero sí me la regalarías? ¿Me estoy perdiendo algo, o qué ocurre?

T.C. dejó escapar un resoplido de cansancio.

–Mira, no quiero ser dueña de Yarra Park. Solo quiero vivir aquí, trabajar aquí y cobrar mi sueldo. Tú no quieres vivir aquí, pero no creo que te importe ser el dueño de esto. ¿No podemos llegar a un acuerdo para conseguir los dos lo que queremos?

Él no respondió al momento, y eso dio ciertas esperanzas a T.C. Entonces negó con la cabeza.

–No pienso que...

–Por favor –le interrumpió ella con voz firme–. ¿Me harás el favor de pensarlo?

Nick se levantó y se acercó a la ventana. A T.C. le pareció una eternidad el tiempo que transcurrió. No podía apartar la vista de aquel cuerpo perfecto recortado contra la luz fría de la luna. Hubiera querido hablar con él, contarle todas las razones por las que no podía aceptar aquella herencia, pero temía que no la entendiera. Por fin él se volvió, y era imposible leer su expresión entre las sombras.

–Tengo que volver a Nueva York el veinticinco. Eso me da dos semanas para pensar en todo esto. ¿Qué me dices?

«Que sobran catorce días».

Nick se acercó y le ofreció la mano. Cuando T.C. la aceptó tiró de ella hasta ponerla en pie, pero no la soltó.

–¿Hemos llegado a algún acuerdo en particular? –preguntó ella. Nick apretó su mano imperceptiblemente, y fue como si hubiera abrazado todo su cuerpo. Demasiado contacto. T.C. intentó recuperar su mano pero fracasó.

–¿Intentar quedar los dos satisfechos? –ronroneó él, y se echó a reír suavemente–. Tú misma has dicho que los dos deberíamos conseguir lo que queremos, y en eso estoy plenamente de acuerdo.

T.C. parpadeó varias veces mientras él le sacudía la mano. Finalmente consiguió soltarse y dio un paso atrás, pero sus piernas tropezaron con el sofá. Eso la hizo perder el equilibrio, e instintivamente se agarró a sus brazos. Aquella situación era demasiado peligrosa.

–Quizá habría que intentar dormir un poco –dijo él entonces con un bostezo, esperando a que recuperase el equilibrio. T.C. balbuceó algo parecido a un «buenas noches» y él se retiró tan silenciosamente como había llegado.

T.C. solo tenía claras tres cosas. Primero, tocarlo era como absorber su voz. Terciopelo sobre acero. Suavidad y dureza, oscuridad y luz. Segundo, no era nada probable que los dos consiguieran lo que querían. Y tercero, el sueño iba a tardar mucho en llegar.

A la mañana siguiente Nick estaba en la cocina recordando la escena de la noche anterior y preguntándose todavía qué le había impedido aprovechar el momento en que tenía a Tamara acorralada para tenderla sobre el sofá, pegarse a su cuerpo y hacerle el amor salvajemente, cuando apareció en la puerta y se detuvo en seco. Un leve rubor asomó a sus mejillas cuando sus ojos se encontraron, pero pareció recomponerse al instante y entró. Como era habitual, iba vestida de la forma menos llamativa posible, y sin embargo había algo en su forma de moverse, en su forma de mirarlo, que resultaba arrebatadoramente femenino. Se inclinó hacia el interior del frigorífico y eso bastó para que el cuerpo de Nick se tensara de excitación.

–¿Quieres un café? –preguntó, con la esperanza de que por una vez lo sorprendiera con un sí.

–Sí, por favor.

Después de todo, aquella mujer no había dejado de sorprenderlo desde que se había topado con ella.

–¿Qué planes tienes para hoy? –preguntó T.C. mientras llevaba la leche y los cereales a la mesa.

–Supongo que habrá que empezar por la base. Por el establo.

–¿De verdad quieres aprender cómo funciona esto? –preguntó ella sorprendida.

–Sí, señora.

–Veremos cuánto dura el señorito de la ciudad agarrado a un rastrillo.

Nick sonrió. Le gustaba aquella cálida expresión de broma de sus ojos. Mucho. Esperó a que Tamara acabase el cuenco de cereales que estaba devorando para volver a hablar.

–¿Puedo preguntarte algo personal?

Ella hizo una pausa con la taza a mitad de camino entre la mesa y su boca y lo miró con expresión recelosa.

–Eso depende.

–Me preguntaba por qué necesitabas tanto este trabajo cuando Joe te lo dio. Aunque no tienes por qué decírmelo, es simple curiosidad –dijo aparentando no darle importancia.

–Ya sabes lo que le pasó al gato –dijo ella medio en broma. Al menos de momento no había huido.

–¿Eres de por aquí?

–Mi familia tenía un pequeño rancho como a una hora de aquí. Viví allí hasta los diecisiete años.

–¿Fue entonces cuando murió tu padre? –aventuró él. T.C. dio un sorbo a su café.

–No, él murió dos años después.

–¿Y tu madre?

–Murió cuando yo era pequeña. Casi no me acuerdo de ella –dijo mientras dejaba la taza sobre la mesa–. En fin, resumiendo, mi padre nos crió a mi hermano y a mí, y no estuvo tan mal, porque a los dos nos encantaban los caballos, que eran la pasión de mi padre. Pero John murió en un accidente cuando yo tenía quince años, y desde entonces todo fue cuesta abajo. Aguanté cuanto pude, pero cuando encontré un trabajo decente me fui.

–A veces es mejor irse –reflexionó Nick pensativo.

–Bueno, a mi padre no se lo pareció –dijo T.C. mientras removía los posos del café observándolos fijamente–. Nunca me lo perdonó. Está claro que no era tan comprensivo como Joe.

–¿Qué pasó con el rancho?

Ella se encogió de hombros, pero el gesto no engañó a Nick.

–Se lo dejó a un tío mío.

Aquello explicaba muchas cosas sobre la mujer que tenía sentada delante. Su fuerza reprimida, su vulnerabilidad, su obsesión por el trabajo, como si creyera que debía cumplir una condena. Su resistencia a aceptar algo que no creía merecer.

–¿Por eso quieres renunciar a tu parte de Yarra Park? Acéptalo, Tamara, es lo que Joe quería.

–Dijiste que pensarías en aceptar que te cediera mi parte.

–Te dije que lo pensaría, y lo haré. ¿Eres tan testaruda con todo? –esperaba que no fuera así. Tenía menos de dos semanas para hacer que cambiara de idea, y no solo se refería a la herencia.

–¿Testaruda? Como una mula, decía Joe –respondió ella con una leve sonrisa–. Anda, vamos a buscarte un rastrillo.

Los cinco días siguientes transcurrieron sin complicaciones. Nick repartía su tiempo entre los establos y el despacho, y aunque no hizo el menor intento de seducirla, ni siquiera verbalmente, bajo la apacible superficie de la cordialidad bullían cada vez con más fuerza las aguas de la pasión.

«Ocho días más», pensó T.C. con un suspiro de resignación al entrar en el cubículo de Star. ¿Sería capaz de tener las manos quietas durante tanto tiempo?

Esperó pacientemente a que la briosa yegua dejase de moverse y cabecear para embridarla. Aquello se había convertido en un juego cotidiano. Mientras la sujetaba por las riendas se agachó y puso la mano sobre el tendón que se había dañado el año anterior por si estaba demasiado caliente.

–Esto va bien, pequeña –dijo satisfecha con la inspección. Al levantar la vista vio que Star asentía vigorosamente con la cabeza como dándole la razón. T.C. se echó a reír–. Sí, tú sabes mucho...

El sonido de su risa hizo que Nick, que cepillaba a otro de los caballos, se detuviera en seco. Ya hacía días que ocurría lo mismo. Estaba trabajando, cómodo y relajado, y de repente algo inflamaba sus adormecidos sentidos. La suave voz de Tamara mientras acariciaba a su perra, el suave perfume de su champú de albaricoque... O su risa, inesperada e incontrolada.

Se acercó a la puerta entreabierta del cubículo y observó cómo Tamara pasaba la mano por el brillante lomo de la yegua. Carraspeó levemente para advertirla de su presencia.

–Esta es Star, ¿verdad?

T.C. se volvió despacio, sin sobresaltos, como si hubiera sabido que estaba allí.

–En realidad se llama *Stella Cadente*.

—Estrella fugaz.

—¿Sabes italiano?

—Lo suficiente. Es un nombre muy largo.

—Sí —dijo ella sonriente—. Por eso la llamamos Star. Casi todos tienen nombres italianos. Monte es Montefalco, Gina es Gina Lollobrigida... —de repente lo miró con expresión curiosa—. Supongo que tú te llamas Nicholas.

—Niccolo. La versión italiana. ¿Y qué hay de ti... Tamara? ¿No te llaman Tammy, o Tara?

—Tú debes estar loco.

Nick empezaba a pasárselo bien.

—¿Por qué te haces llamar T.C.?

—No sé, dímelo tú —dijo ella mientras agarraba la brida para sacar la yegua del cubículo. Pero Nick no se apartó. No iba a dejarla escapar tan fácilmente.

—Yo diría que tu nombre te parecía demasiado femenino. Pensaste que una mujer que se llamase Tamara tenía que llevar vestidos vaporosos y zapatos de tacón, y un perfume de lujo...

—Vamos, por favor —lo interrumpió ella, pero una sonrisa asomó a las comisuras de sus labios, y cuando aquella boca sonreía lo excitaba más que cualquier perfume o cualquier vestido vaporoso.

Se inclinó hacia ella como si fuera a aspirar el perfume de su cuello... cuando vio cómo la enorme cabeza de la yegua se lanzaba hacia ellos con los ojos desorbitados y la boca abierta.

Capítulo Siete

Instintivamente Nick tiró de ella para apartarla de la puerta y de aquellas enormes mandíbulas.

—Eh, ¿qué ha sido eso? —preguntó T.C. aturdida.

—Esa bestia disfrazada de yegua se habría quedado con un trozo de tu preciosa piel si yo no te hubiera salvado.

—Oh, no, perdona —repuso ella—. Era tu piel la que iba buscando.

Una risa ronca vibró en su garganta, y al moverse rozó ligeramente con su cadera el muslo de Nick. Las brasas que ardían en sus entrañas se avivaron instantáneamente, pero cuando apoyó las manos en su espalda, ella se apartó.

—Nunca había hecho eso —murmuró T.C. distraída mientras la yegua seguía cabeceando inquieta.

—No es la primera hembra que intenta morderme.

—Seguro que es la primera que te rechaza nada más verte —dijo ella con una sonrisa.

—Quizá ese es su caso, ¿pero qué hay de ti?

—Ella habla por las dos.

Star soltó un poderoso relincho como si quisiera zanjar la cuestión. Los dos se echaron a reír.

—Si tuviera un intérprete creo que la haría cambiar de opinión.

La yegua estiró su largo cuello por encima de la

78

puerta, animando a Tamara a recoger las riendas y a rascarla detrás de las orejas. Nick dio un paso adelante con precaución. Star hizo rodar sus grandes ojos, pero no abrió la boca. Un buen principio. Otro paso más, y un tercero, y el animal echó las orejas hacia atrás y coceó con fuerza la pared de madera.

—Ya estoy bastante cerca, ¿verdad? —dijo él.

La yegua relinchó amenazadoramente. Tamara dejó escapar una breve risa.

—¿Corre mucho?

—Como el viento.

—¿Eso sientes cuando la montas, como si cabalgaras el viento?

—Sí, exactamente —dijo ella con voz soñadora—. ¿Cómo lo sabes?

—Supongo que se parece al esquí. El viento, la velocidad, la sensación de libertad. Hay montañas como esta yegua, arrogantes y con carácter. Y luego están las demás.

T.C. rio suavemente.

—Me imagino cuáles son las que te gustan.

—Me gustaría probarla —dijo él.

—¿Quieres montar en calesa?

—En una calesa tirada por esta yegua. ¿Me enseñarás?

—¿Pero qué dices? ¿Es que tu primera clase de conducción la diste en un Ferrari?

—No, en un Jaguar.

T.C. lo miró fijamente un instante y de repente rompió a reír. Nick sintió que aquella risa penetraba hasta la médula de sus huesos.

—¿Y bien? —insistió mientras intentaba controlar sus sentidos.

T.C. miró a la yegua, que seguía mirándolo con ojos amenazadores.

–Cuando puedas embridarla te enseñaré a montar.

–Entonces creo que tendré que conformarme con mis montañas –dijo él encogiéndose de hombros.

–Podrías aprender con otro. Monte es todo un caballero.

–Gracias –dijo Nick lentamente–. Pero creo que las prefiero arrogantes y con carácter.

T.C. encajó el comentario sin pestañear.

–Es una pena que tengas tan poco tiempo. Con un temperamento así tardará meses en aceptarte.

–¿Sí? –dijo él mirándola a los ojos–. Entonces los dos saldremos perdiendo.

A pesar de todo, T.C. no dudaba que Nick acabaría aceptando el desafío, y varios días después lo encontró plantado delante del cubículo de Star con la mano sobre la puerta.

Star dio un paso adelante con precaución para olfatear la mano de Nick. Él respondió con una leve risa y murmuró unas palabras al animal. A pesar de la distancia, tuvieron en T.C. el mismo efecto que en la yegua. Al principio las dos habían atacado y coceado, pero ahora empezaban a ceder. Ambas seguían dando dos pasos atrás y uno adelante, pero estaban peligrosamente cerca de dejarse seducir por aquella voz aterciopelada y aquella mano firme y paciente.

T.C. suspiró resignada. Absolutamente todo en aquel hombre la hipnotizaba. ¡Todo! Su voz, su forma de moverse, su sonrisa... hasta la magia que hacía con un cazo de pasta. Hasta su nombre era lujuriosamente exótico. Niccolo Corelli. ¿Por qué no era el machista insufrible que ella se había esperado? ¿Por qué no había sido una copia de Miles?

Con el corazón en un puño observó a Star sacudir la cabeza y enseñar los dientes. Pero Nick se mantuvo en su posición. Sabía que era cuestión de tiempo que se rindiera. T.C. se preguntó si a ella le pasaría lo mismo. Incapaz de soportar el nudo que se le estaba haciendo en el estómago, tomó unas bridas y se acercó al cubículo.

—Voy a sacarla a hacer ejercicio —dijo más secamente de lo que hubiera querido.

Él no se movió, pero T.C. notó que la estudiaba con atención.

—¿Aceptarías un pasajero?

¿Qué mal podía hacer? Quizá le entusiasmase tanto como a Joe la primera vez que lo hizo, aunque parecía una actividad demasiado tranquila para alguien tan aficionado a los deportes extremos.

—Está bien —dijo por fin—. Pero no pienses que te voy a dejar las riendas.

—Sí, señora.

Diez minutos después se dio cuenta de por qué se había resistido a hacerlo. Por la proximidad. En teoría el asiento era lo bastante amplio para dos, pero Nick ocupaba una gran cantidad de espacio.

Molesta por lo que la desconcertaba el simple roce de su pierna, puso la yegua al trote y se apartó cuanto pudo hacia la derecha, pero Nick simplemente ocupó el espacio que había dejado libre, y ahora sus muslos se apretaban uno contra otro. «No pasa nada», se repitió T.C. No había contacto de piel contra piel. Solo se tocaban sus vaqueros. Simplemente tenía que concentrarse en las riendas. Poco a poco fue absorbiendo el sol y el aire que le daban en la cara y el ritmo del trote de Star y empezó a relajarse.

–Me gusta esto.

–¿Perdona? –dijo T.C. volviendo de su ensimismamiento.

–He dicho que me gusta esto. No sé por qué te sorprende.

–Pensé que te gustaba más la velocidad –confesó ella.

–¿Crees que solo me gusta ir rápido?

T.C. pensó en todas las cosas que había imaginado hacer muy despacio con él y una oleada de calor ascendió hasta su rostro.

–Te gusta esto, ¿verdad? –dijo él cambiando de tema–. ¿Era así cuando vivías en casa de tu padre?

–Supongo que al principio sí –reflexionó ella–. Eché de menos algunas cosas cuando me fui, pero había otras de las que tenía que escapar. Aunque lo que siento aquí es diferente, ¿sabes? No es físico, es el espíritu de este lugar. Me siento en mi hogar. ¿Lo comprendes?

–Lo siento, pero nunca he sentido nada parecido por ningún lugar –confesó Nick.

T.C. se encogió de hombros, pero en realidad intentaba quitarse de encima una gran decepción. Había alimentado la secreta esperanza de que Nick se enamorase del espíritu de Yarra Park tan rápida e incondicionalmente como ella. «¿Solo de Yarra Park?» Con un esfuerzo intentó recordar lo poco que tenían en común.

–¿Crees que yo podría hacer eso? –preguntó él después de un incómodo silencio.

–Habíamos acordado que venías como pasajero.

–Valía la pena intentarlo –dijo él alzando las cejas.

T.C. soltó una risa seca. Durante la siguiente media vuelta a la pista estuvo pensando en algo.

–Te dejaré conducir si me prometes hablar con un abogado sobre lo que te dije de cederte mi parte.

–¿Es que no vas a rendirte nunca?

–Valía la pena intentarlo –contraatacó ella con una sonrisa burlona.

–Está bien. Hablaré con mi abogado –dijo él finalmente haciendo el gesto de tomar las riendas, pero ella no se las pasó.

–¿Cuándo?

–En cuanto pueda recibirme.

–No me vale –insistió ella negando con la cabeza–. Eres un Corelli. Te recibirá cuando quieras.

–¿Mañana te parece bien? –ella pareció dudar–. Vamos, ¿tan difícil te resulta soltar las riendas?

«Sí, Nick», pensó ella. «Es difícil y aterrador ponerte en manos de alguien, renunciar al control». Con un suspiro cansado le pasó las riendas. Él adoptó instintivamente la postura correcta con la arrogancia natural de quien suele hacerlo todo bien.

–Tienes buenas manos –reconoció ella a regañadientes.

–Eso me dicen.

«Demasiadas mujeres», dijo T.C. para sus adentros.

—¿Lo aprendes todo tan fácilmente?

—¿Todo?

—Esas cosas que haces, el *rafting*, la escalada, el esquí de montaña... ¿Tan fácil es?

—Si fuera fácil no lo haría. Me gustan los desafíos.

—¿Y qué hay del riesgo?

Nick clavó aquellos intensos ojos azules en los suyos, y T.C. sintió que el corazón le daba un vuelco.

—No es malo correr algún riesgo, Tamara, abandonar tu zona de seguridad. Eso te hace sentirte vivo.

—No. A mí es esto lo que me hace sentirme viva. ¿Te apetece correr un poco?

—Sí, estaría bien un poco más de emoción.

—Entonces mejor déjame a mí.

Al recoger las riendas sus dedos se rozaron. Fue como si una corriente eléctrica recorriera todo su cuerpo. Star debió notarlo, porque mordió con fuerza el bocado y se lanzó hacia delante. Durante unos segundos T.C. tuvo que hacer uso de toda su experiencia para recuperar el control. Nick soltó una carcajada de puro entusiasmo, y ella, incapaz de contener la adrenalina por más tiempo, dejó escapar un alegre grito animando a Star a lanzarse a todo galope. Dieron una vuelta completa a la pista a toda velocidad y cuando T.C. empezó a tirar de las riendas para que el animal aminorase el paso se dio cuenta de que Nick había tenido que agarrarse a algo durante la enloquecida carrera. Y ese algo había sido su pierna. Un deseo tan salvaje y arrollador como aquella carrera mordió sus entrañas.

–Vaya, esto ha sido... inesperado –dijo él retirando con premeditada lentitud la mano de su pierna–. Me gustaría saber qué más eres capaz de hacer cuando te dejas llevar.

–Ha sido una suerte que llevase yo las riendas –dijo ella con una sonrisa.

–¿Una suerte para quién?

«Para mí», pensó T.C. mientras dirigía a Star hacia el establo y la cordura.

Jason esperaba en el establo y tenía muchas preguntas que hacer. ¿Había tomado Nick las riendas? ¿Habían corrido mucho? ¿Le había gustado? Las necesarias explicaciones y la tarea de desaparejar a Star consiguieron calmar bastante la abrasadora tensión de la carrera.

Estaban riéndose de buena gana por algo que había dicho Jason cuando los dos intentaron soltar la cincha a la vez. Sus manos se tocaron. Una vez más la excitación recorrió el cuerpo de T.C. con la rapidez del rayo. Si hubiera cerrado los ojos podría haber sentido correr la sangre de Nick por sus venas. Pero no cerró los ojos, que estaban clavados en la curva sensual de aquella boca, tan cerca de ella que podía sentir su aliento en la cara.

–¿Vais a soltar esa cincha o vais a pasaros la tarde haciendo manitas? –preguntó Jason en tono burlón.

T.C. se apresuró a retirar la mano y evitó cuidadosamente los ojos de ambos. Jason recogió el resto de los aparejos y se fue a guardarlos. Nick carraspeó y preguntó si había que pasarle la manguera a Star. Star relinchó y golpeó el suelo con los cascos. Y Bi llegó corriendo después de haber perseguido alguna rata.

Todo volvía a la normalidad, pensó T.C., aunque su pulso seguía como un potro desbocado. Mientras veía alejarse a Nick con Star pensó en las tareas que aún quedaban por hacer. Pero en realidad prefería ver a Nick, hablar con Nick, o tomar una larga ducha y tumbarse en la cama a pensar en Nick. Es decir, nada más lejos de la normalidad.

Llevaba unos minutos inmóvil cuando un chorro de agua describió un arco por encima del muro de cemento que cerraba el lavadero. Cuando llegó, Nick estaba casi tan mojado como la yegua, que tenía la manguera entre los dientes.

Al oír la risa reprimida de T.C. volvió la cabeza.

—¿Vienes a ayudar o a ver el espectáculo?

—Creo que me interesa más la función —dijo ella cruzándose de brazos.

En aquel momento Star volvió la cabeza, dedicó a Nick una mirada inocente y dejó caer la manguera.

—¿Te importaría mucho echarme una mano? —masculló él señalando la manguera que culebreaba fuera de su alcance.

T.C. la recogió y se la acercó a la entrada del lavadero, pero Nick dio la vuelta inadvertidamente por detrás de ella cerrándole la salida. Estaba atrapada.

—No te atreverás... —dijo mientras retrocedía hasta la pared.

—¿No? ¿Estás segura?

No, no lo estaba. De una rápida ojeada intentó calcular la distancia que la separaba del grifo.

–Está bien, no me asusta mojarme. Haz lo que quieras.

Nick pensó que de hacer caso a sus palabras la habría atrapado contra la pared con su cuerpo y habría lamido los restos de risa de su carnoso labio inferior.

–Quizá no te mojes mucho si me lo pides por favor.

–¿Quieres que diga «por favor»?

–Quiero que digas «por favor, Nick».

T.C. se humedeció los labios. El cuerpo de Nick respondió con escandalosa rapidez ante la visión de aquellos labios húmedos y entreabiertos y la perspectiva de oír aquellas palabras de sus labios. «Por favor, Niccolo».

Ella se lanzó hacia el grifo a la velocidad del rayo, pero Nick tardó décimas de segundo en reaccionar. Dada su superior estatura y fuerza, la lucha no podía estar equilibrada, aunque gracias a la agilidad y tenacidad de T.C. ambos acabaron muy mojados. Y muy cerca.

Cuando por fin Nick consiguió inmovilizarla, el contacto entre ellos era casi doloroso. En el instante en que sus ojos se encontraron ella dejó de luchar. Sus cuerpos se apretaban uno contra el otro, tensos y jadeantes, y Nick se preguntó cuánto tardaría ella en huir. Sus dedos recorrieron el tenso abdomen de T.C. y al encontrar un resquicio en la camisa entreabierta posó la palma de su mano sobre la cálida piel húmeda y satinada. Sintió cómo ella tomaba aire y esperó su ataque, o su retirada, o que le quitara la mano. Pero no se movió.

Miró la húmeda camisa pegada a los suaves

montículos de sus pechos y el contorno perfectamente marcado de sus pezones erectos y notó cómo se le encogía el estómago de deseo. Entonces tomó en sus labios el lóbulo que aparecía entre el pelo revuelto de T.C. y besó la suave curva de su cuello. En su boca se mezclaban el frío superficial del agua y la calidez de la piel. Y debajo de ella, el calor ardiente del deseo. Nick se preguntó si era posible ahogarse de deseo.

T.C. tomó su rostro entre las manos apretando su cuerpo contra él.

–Por favor, bésame –murmuró.

–«Por favor, Nick» –exigió él mientras sus manos recorrían la espalda de Tamara. Tomó su labio inferior entre los dientes, tiró de él suavemente y lo soltó. Ella dejó escapar un gemido–. Dilo.

Ella lo besó con fuerza, apasionadamente, con la boca abierta, invitando a la lengua de aquel hombre a hundirse en la cálida y mojada caverna de su boca con un atrevimiento que hizo que a Nick le hirvieran las entrañas. Un gruñido escapó de lo más profundo de su pecho mientras las pequeñas manos de Tamara lo acariciaban de los hombros a la cintura y bajaban aún más, apretando sus nalgas. Nick hubiera dado cualquier cosa por estar desnudo junto a ella, dentro de ella.

Él la hizo retroceder y la puso con la espalda contra la pared. Con las manos apoyadas a ambos lados de su rostro, flexionó las piernas para poder mirar de frente aquellos inmensos ojos verdes mientras empujaba sus caderas contra las de ella. Una sola vez. T.C. le acarició la cara con dedos frescos y mojados.

–Por favor, Nick –musitó mientras se miraban fijamente.

«Por fin».

–¿Por favor qué? –gruñó él–. Dime lo que quieres, Tamara.

Una sombra atravesó el semblante de T.C. Indecisión. Parpadeó varias veces y se mordió los labios.

«Mierda». Nick dejó escapar un breve resoplido de frustración. Sus manos se cerraron y apretó los puños.

–Creo que nunca había estado tan al borde de estallar con la ropa puesta. Pero aquí no va a pasar nada más hasta que me mires a la cara y me digas lo que quieres. Para que no haya confusiones. Tú eliges las palabras.

–No puedo... decirlo –confesó ella ruborizándose.

Nick apoyó su frente contra la de ella. Pensó en provocarla, tentarla con más besos. Pero rechazó la idea. Tamara tenía que tomar aquella decisión por sí sola. Por la mañana quería abrir los ojos y ver aquellos ojos verdes como el mar llenos de deseo, no de arrepentimiento. Miró a su alrededor por primera vez en los últimos quince minutos.

–Tenemos suerte de que Jason no haya venido a ver qué pasaba.

–Gracias –murmuró T.C. medio riendo medio jadeando contra su cuello.

–¿Por qué?

–Por no presionarme. Por dejarme pensar en esto fríamente.

–Habrá sido mi vena caballerosa –dijo Nick con

sorna, y se alejó lo suficiente para mirarla a la cara. La inseguridad de aquellos profundos ojos lo cautivaba por completo. Le pasó los dedos por la mejilla y depositó un leve beso en su nariz, otro en sus labios y un tercero en su barbilla... y se apartó bruscamente de la pared, de la tentación–. Creo que es un buen momento para llamar a mi abogado, a ver si puede recibir a un Corelli esta tarde. Ah, y no pienses en esto demasiado fríamente. ¿de acuerdo?

Apoyada contra el muro, T.C. lo vio alejarse. Hubiera querido llamarlo mientras todavía sentía su sabor en los labios, su tacto en la piel, mientras la fiebre del deseo aún ardía en su sangre. «Sí, quiero que me hagas el amor. Quiero tus besos abrasadores y tus caricias aterciopeladas, tus palabras incendiarias y tus susurros. Quiero sentirme hermosa, fuerte y deseada. Quiero sentirme mujer y sentirme tu igual». ¿Pero cómo iba a decirle todo aquello mientras su inseguridad sofocase de tal modo su deseo?

Le producía pavor pensar en lo que ocurriría después, cuando su hambre masculina se hubiera saciado, cuando la dejara atrás con un simple adiós y un beso de consolación y desapareciera. Temía el dolor desesperado que le produciría perder el amor al que se había enganchado como una adicta, y sobre todo temía la soledad de las noches interminables con la única compañía de su vacío orgullo.

Aquellos eran los miedos que agarrotaban su garganta y la impedían llamar a Nick mientras se alejaba. Haría falta una sola noche de amor para que su adicción a Nick fuera completa, y a pesar del poder de su atracción, de todo lo que la hacía sentir, era un hombre que no conocía el significado de la palabra «hogar», un hombre que seguiría su camino. El hombre menos indicado para ella.

Capítulo Ocho

Cuando Nick se alejó en su coche menos de una hora después, T.C. pensó que por fin podría respirar, pero solo podía pensar en el día en que él se alejaría por aquel mismo camino para no volver, y el corazón se le caía a los pies. Las siguientes horas transcurrieron lenta y penosamente, hasta que el sol desapareció en el horizonte en medio de un atardecer multicolor.

Intentó distraerse con la televisión, pero cualquier sonido en el exterior hacía que se le acelerase el pulso. Subió el volumen, pensando que así no estaría pendiente de oír el motor de su coche. Pero fue inútil. Su inquietud siguió creciendo hasta que no pudo más.

¿Cómo podía estar allí, en la semipenumbra, esperando a que aquel hombre volviera a casa, sin saber siquiera si volvería aquella misma noche? ¿Y cuando volviera qué le diría? Desde luego no lo que él quería oír.

«Dime lo que quieres, Tamara». No. Definitivamente no podía decirle lo que él quería oír. En un arrebato decidió que lo que necesitaba era compañía. Llamó a Cheryl, pero no contestaba. Daba igual. Se puso sus jeans blancos favoritos y una camiseta ajustada verde lima, se cepilló el pelo con entusiasmo, se dio un poco de brillo en los labios y salió de la casa.

Al oír un vehículo se detuvo en seco. Su pulso se aceleró. Pero no era el coche de Nick, sino el grave y poderoso rugido de una gran motocicleta. Notó que se le volvía a acelerar el pulso, pero por un motivo diferente. Aquel sonido reverberó en todo su cuerpo y se quedó como paralizada mientras el faro de la moto recorría todo el patio y se detenía al encontrarla. Segundos después la gran máquina se detuvo a su lado.

Era una gran bestia oscura, de las que siempre la habían excitado con atrevidas imágenes de lo prohibido. Y a Nick le sentaba tan bien como la cazadora de cuero negro y los vaqueros desgastados. Apagó el motor y el silencio vibró a su alrededor. Sus ojos, ocultos bajo la visera ahumada del casco integral la observaron fijamente. T.C. se humedeció los labios mientras él se quitaba el casco.

–¿Dónde has encontrado esto? –preguntó.

–¿Te gusta?

–Bueno, no sé si es posible que una máquina así te guste simplemente –dijo ella con una sonrisa.

–Tienes razón. Había olvidado lo que se siente al conducir una de estas. Acelerar a fondo y sentir toda esa potencia en tu cuerpo... –Nick soltó su risa grave y gutural, tan sorprendentemente excitante como su voz. T.C. se frotó los brazos con las manos y notó cómo aquellos ojos azules recorrían su cuerpo, se recreaban en su garganta, en la curva de su cintura, en sus pechos–. ¿Vas a salir?

–Sí –dijo ella. «Pero si me pides que me quede, si me pides que suba a esa moto contigo...»

Él no se lo pidió, y en el incómodo silencio que siguió ella dio una vuelta alrededor de la moto contemplándola.

–¿Qué pasa, te ha seguido hasta casa o qué?

–Graeme me la ha prestado un par de días.

–¿Graeme?

–Un socio del bufete de Gustavo. Fuimos juntos al colegio.

–Tu amigo el abogado –dijo ella pensativa–. No me imagino a un abogado montando esta máquina.

–Ya estás otra vez con tus ideas preconcebidas.

T.C. se apoyó contra la puerta de su camioneta y se cruzó de brazos.

–¿Por qué dices «otra vez»?

–Ya te hiciste tu propia idea sobre mí mucho antes de conocernos –afirmó él mientras bajaba de la moto–. Por eso has estado en guardia contra mí desde el primer día. Porque crees saber cómo soy.

–Tengo que irme –fueron las únicas palabras que T.C. consiguió decir.

–Qué lo pases bien –murmuró él fríamente, antes de darse media vuelta y dirigirse hacia la casa.

T.C. estaba a mitad de camino del pueblo cuando recordó que no le había preguntado por la entrevista con su amigo el abogado.

Nick no había dudado al ofrecerle Graeme la Ducati. Pensó que en el camino de vuelta podría despejarse y bajar un poco la temperatura de su cuerpo, pero al verla en el patio con aquellos vaqueros apretados y los labios brillantes había sentido como si le hubieran abrasado las entrañas con un lanzallamas. Y aún había sido peor al negarse ella a hablar con él.

Aquella sensación no lo había abandonado desde entonces, ni tampoco mejoró cuando oyó la camioneta cruzar el portón y entrar en el patio. No eran ni siquiera las once de la noche. «No se puede haber divertido mucho». Intentó sonreír, pero no lo consiguió. Oyó sus suaves pisadas en el corredor. Se detuvieron delante de la puerta del despacho, pero Nick no oyó nada aparte de su propio corazón desbocado. Las aletas de su nariz se ensancharon instintivamente y llegó hasta él el embriagador perfume de Tamara. No había dejado de sentirlo desde aquel primer beso. Al instante sintió una poderosa e intensa erección.

«Si llamas a esa puerta, se acabó la caballerosidad. Solo estaremos tú y yo y bastante fuego como para incendiar todo este país».

Sintió el calor que sofocaba su cuerpo y todos sus músculos tensos. Se sentó sin apenas respirar, como un felino concentrado en su presa. Cuando oyó que los pasos de T.C. se retiraban hacia su habitación estuvo a punto de dejar escapar un rugido de frustración. Maldijo la conciencia, o el sentido del honor, o el orgullo masculino que le había impulsado a esperar que fuera ella quien se acercase.

T.C. se levantó pronto al día siguiente y consiguió llevar a cabo todas las tareas programadas, aunque en ningún momento se alejaron de su mente los recuerdos de la noche anterior. Ya era media tarde cuando entró en la casa, físicamente agotada y nerviosa ante la perspectiva de volver a encontrarse con Nick. Entonces sonó el teléfono y lo descolgó sin pensar.

–¿Diga?

Lo único que contestó a su saludo fue un silencio lo bastante prolongado para que el corazón se le subiera a la garganta. No podía ser. No después de una semana de silencio.

–¿Oiga?

T.C. se llevó una mano al pecho aliviada. Había alguien al otro lado. Una mujer.

–¿Oiga? –repitió la mujer–. ¿Hay alguien ahí?

–Sí. Lo siento. Soy Tamara Cole. ¿Puedo ayudarla en algo?

Se produjo otra larga pausa.

–No lo entiendo. Juraría que George me dijo que te habías ido de la casa.

–¿Quién es?

–Oh, discúlpame –dijo la mujer con una risa cristalina–. Soy Sophie Corelli. ¿Podría hablar con Nicky? Llevo días intentando localizarlo, pero no me devuelve las llamadas.

«¿Nicky?»

–Veré si lo encuentro –respondió T.C. débilmente. Con el teléfono inalámbrico pegado al pecho se asomó a la puerta del despacho. No había nadie. Entró con la idea de escribirle una nota, pero de repente la curiosidad pudo más. Dejó el auricular sobre la mesa y echó un vistazo a su alrededor. Tampoco había mucho que ver...

–¿Buscabas algo?

Se volvió rápidamente y por suerte la librería contra la que se apoyó impidió que se le doblaran las piernas cuando Nick entró en la habitación con el pelo mojado flotando sobre su frente y la camisa abierta.

–¿Tamara?

–Oh... Una llamada. Para ti –dijo entrecortadamente apartando de él la mirada–. Es tu hermana.

–¿Tienes idea de cuál?

–Oh, sí. Sophie.

En la boca de Nick se dibujó una leve mueca de irritación mientras se dejaba caer en el sillón y lo acercaba al escritorio.

–¿Sophie? ¿Sigues ahí? –preguntó con el teléfono sujeto entre el hombro y la barbilla mientras se abotonaba la camisa.

¿Por qué tenía que vestirse delante de ella? T.C. empezó a deslizarse hacia la puerta pegada a la pared cuando sintió el inquietante contacto de su mirada. «No hagas caso», se dijo, pero cuando intentó seguir avanzando, él hizo rodar el sillón hasta cortarle el paso.

–¿Quién te ha dado este número? –preguntó impaciente interrumpiendo lo que estaba diciendo Sophie.

–Tu socia, tonto.

Nick dejó escapar un juramento y T.C. pudo oír la risa de Sophie. Tamara levantó la vista del suelo y volvió a apartarla rápidamente.

–George dijo que solo te ibas al campo un par de días, y veo que llevas más de una semana. ¿Qué pasa, Nicky?

–Decidí tomarme un descanso.

–¿Pero no es eso lo que estuviste haciendo en Alaska hace nada?

–¿Y...?

–Hmm... No estamos en temporada de esquí, ni hay por allí altas cumbres que escalar, que yo sepa, así que debe ser una mujer. Dios mío, ¿es por eso que la mujercita de Joe sigue ahí? ¡Eres increíble, Nicky!

–¡No era la amante de J...! –Nick se detuvo en seco y maldijo para sus adentros mientras Sophie reía con malicioso deleite. Miró a Tamara, pero ella seguía con la mirada clavada en el suelo.

–Esto es fabuloso –cacareó Sophie–. A George le va a encantar.

–Esto no es asunto de George.

–¿Crees que no lo considera asunto suyo? Está que se sube por las paredes desde que se enteró de lo de tu herencia, y no soporta ni que estés en el mismo país que él. ¿Por qué está tan paranoico? ¿Es por Emily?

Nick se pasó una mano por la cara.

–No compliques más la cosas, Sophie. Dile que no quiero nada suyo, y menos a su mujer, y que me habré ido del país dentro de una semana. ¿Crees que podrás hacerlo?

–¿Por qué no? –respondió ella displicente–. A mí ni me va ni me viene.

Después de colgar el auricular Nick se dio cuenta de que aún tenía los nudillos blancos de la fuerza con la que había apretado el teléfono durante la conversación. Cada vez soportaba menos el entrometimiento de Sophie y las paranoias de George. ¿A quién podía extrañarle que hubiera decidido vivir en el extremo opuesto del mundo? Con un suspiro exasperado apartó el sillón del escritorio y vio a Tamara mirando la puerta.

–¿Otra vez vas a huir?

–No se trata de eso –murmuró ella.

–¿Ah, no? ¿Es que no tienes el valor necesario para hablarme a las claras? Quédate por una vez. Dime qué te pasa.

–No sé cómo hablar con un hombre como tú.

–¿Un hombre como yo? –dijo él cansadamente–. Dime, Tamara, ¿qué clase de hombre crees que soy?

–Un hombre con el que yo no tengo nada que hacer. Joe me volvía loca con tus historias. «Nick está haciendo piragüismo en Perú, está escalando el Everest...» Para mí tu vida es... no lo sé, como de otro mundo.

–¿Y la semana pasada, Tamara? ¿No hemos estado en el mismo mundo? Porque yo juraría que ayer en el lavadero nos entendíamos muy bien –dijo mirándola a los ojos, y T.C. se ruborizó intensamente–. ¿No crees que es hora de que me juzgues por ti misma, y no por los delirios de un viejo?

Los ojos de T.C. relampaguearon en una explosión de fuego verde.

–¿Cómo puedes hablar así de Joe? ¡No era un viejo delirante, era tu padre!

–No era mi padre.

Ella lo miró petrificada. Era incapaz de decir nada. Con la mirada fija en el techo Nick dejó escapar un lento suspiro.

–Es algo de lo que no suelo hablar, aunque quizá debas saberlo. Mi madre era prostituta y drogadicta. O drogadicta y prostituta, eso da igual. Mi padre pudo ser cualquiera.

La miró fijamente esperando que volviera a apartar la vista, pero esta vez no fue así.

–¿Qué le pasó a tu madre?

–Era prima lejana de Joe, pero no se conocían. Compartían el apellido y poco más. Debió ver su foto en alguna revista, indagó un poco y decidió chantajearlo. Joe no picó, por supuesto. Y un par de semanas después ella murió de sobredosis. El teléfono de Joe estaba entre sus cosas, y la policía pensó que era un familiar cercano.

–Y él te acogió.

–¿Qué otra cosa iba a hacer? –se preguntó él encogiéndose de hombros con un gesto tímido e indefenso, chocante en él. T.C. notó que se le encogía el estómago.

–Podía no haber hecho nada –dijo T.C., aunque ambos sabían que para Joe esa no era una alternativa–. ¿Qué edad tenías?

–Ocho años.

T.C. se imaginó a un niño asustado, rodeado de repente de extraños, y se preguntó si no sería aquella la razón de que no entendiera el concepto de hogar.

–Joe no paraba de hablar de ti, pero nunca mencionó esto. Nunca. Por lo que a él respectaba eras su hijo. Estaba orgulloso de ti, te echaba de menos. Te quería. Era tu padre, Nick.

–Bueno, como tú dijiste, ojalá lo hubiera sido.

Se dejó caer en el sillón, y su postura relajada contrastaba con la tensión de su rostro y las sombras que oscurecían sus ojos. Por un segundo ella intentó mantener la distancia que los separaba pero fracasó. Se dejó caer de rodillas junto a él y le puso una mano en la rodilla.

–Él te amaba como a su hijo.

Los ojos de Nick brillaron con frío cinismo

mientras su mirada pasaba del rostro de Tamara a su mano y volvía a sus ojos.

–¿Qué ocurre, Tamara? ¿No puedes ponerme la mano encima por simple deseo, pero sí puedes hacerlo por lástima? –dijo mientras se levantaba y daba una vuelta a su alrededor–. No quiero tu compasión. No sé por qué te he contado esto.

–No es compasión, Nick. Es comprensión.

–¿Crees que por haberte hablado de mi infancia ahora me comprendes? –su voz era tan dura como su mirada–. Soy el mismo hombre que era hace un rato. Nada ha cambiado.

Mientras se alejaba, ella pensó que no era cierto. Era el mismo hombre, pero todo había cambiado, ahora que conocía su pasado. Ahora entendía su obsesión por buscar su lugar en el mundo, por demostrar que podía vencer a su entorno, ganarse todo lo que poseía con su propio esfuerzo, y no por la benevolencia de su familia adoptiva. Y deseó que aquella comprensión le diera el coraje necesario para poder tocarlo por simple deseo.

Capítulo Nueve

Dieciséis horas después Nick vio cómo un reluciente BMW azul marino se detenía delante de los establos. Sabía quién conducía aquel coche antes de que bajara, alisara una arruga imaginaria de su traje y diera un exagerado salto atrás aterrado ante la bienvenida de Bi.

Haciendo caso omiso, Nick empujó la carretilla hasta el siguiente cubículo y hundió la horca en la paja. Cuando se erizó el vello de su nuca supo que tenía compañía.

–¿Te has perdido, hermano? –preguntó sin volverse.

–Me habían dicho que estabas jugando en el campo, pero pensé que se trataba de otra cosa.

Nick apretó el mango de la horca, pensando por un momento en atravesarlo con ella allí mismo. En cambio, con un hábil movimiento la hundió en la paja sucia, la alzó y la lanzó hacia la carretilla, pero parte cayó sobre un par de caros zapatos italianos.

–Lo siento –dijo Nick alzando una ceja. George frunció los labios asqueado.

–¿Podríamos seguir hablando en el despacho?

–¿De qué quieres hablar exactamente?

–Conozco a alguien que quiere entrar en el negocio de los caballos. Parece que esto le interesa.

–¿Recuerdas lo que te dije el día que llegué? ¿Qué parte de «no quiero tu ayuda» no entendiste? Gracias por venir hasta aquí, pero no estoy buscando un comprador.

–¿Pero qué dices? –estalló George–. Tu vives en América. ¿Para qué quieres una propiedad aquí?

«Eso no es asunto tuyo», fue la respuesta que le habría dado una semana antes. Pero por primera vez en catorce años decidió que valía la pena hablar con su hermano.

–No sé si Sophie te dio mi mensaje, pero lo repetiré. No quiero nada tuyo, y menos eso que tú llamas «el servicio». Y sí, vivo en América. Decidí irme porque sería mejor para todos y porque quería vivir mi propia vida. Y demostré que podía hacerlo sin la ayuda de Joe y a pesar de mi origen. Y mi decisión de conservar Yarra Park no tiene nada que ver contigo. Nada en mi vida tiene que ver contigo. Ya no.

–Esa no es forma de hablar a la familia –dijo George sofocado y tenso.

–¿Hablamos de formas de tratar a la familia? ¿Qué hay de tus esfuerzos por localizarme cuando Joe cayó enfermo? ¿Y la carta del abogado cuando murió? Puede que no fuera mi padre natural, ¿pero crees que no merecía algo más?

–No te mereces nada... –siseó George con voz cargada de desprecio–. Excepto lo que estás haciendo ahora mismo. Ese sí es un trabajo adecuado para ti.

–Te sugiero que te largues de aquí antes de que haga algo adecuado con esta horca.

–Los dos sabemos que no te atreverías –dijo George sonriendo, aunque dio un paso atrás–. Esta vez Joe no puede defenderte. Esta vez te demandaría.

—Él nunca tomó partido. Era justo.

—Todos sabemos que tú eras su favorito. Por eso te dejó esto.

—Tú tienes la casa de Portsea –dijo Nick exasperado–, la presidencia de la compañía y todo lo demás. ¿Por qué te interesa tanto esta pequeñez?

—¡Porque no es una pequeñez! ¡Porque es lo que más le importaba! –estalló George finalmente.

—¿No crees que es hora de que superes estos celos? Tienes treinta y cuatro años, tienes esposa e hijos, la casa y el trabajo que querías. ¿No puedes concentrarte en lo que tienes, y no en lo que no puedes tener?

Por primera vez en su vida, George no tenía respuesta. Giró en redondo y se alejó a grandes zancadas sin decir nada. Nick no estaba seguro de haberse hecho entender, pero al menos lo había intentado. Iba a volver al trabajo cuando algo le hizo mirar hacia fuera. El enorme y brillante BMW se había detenido en mitad del camino.

Maldición. Tamara y Jason volvían de la pista, y ella se detuvo mientras George bajaba del coche. Nick sintió cómo se tensaban los músculos de sus hombros y apretó los puños mientras observaba el breve intercambio de palabras. Sabía que lo que estaba diciendo George no podía ser agradable. En pocos segundos el coche se perdía entre una nube de polvo y Tamara dirigía su caballo hacia el establo con paso tranquilo.

Bajó de la calesa, aparentemente tranquila, pero al quitarse el casco se le enganchó el cierre y soltó un juramento. Nick observó que le temblaban la manos ligeramente y la tomó por los hombros para tranquilizarla.

—¿Qué te ha dicho? —preguntó con voz grave.

—Nada que valga la pena repetir.

—Me lo puedo imaginar.

Nick retiró las manos de sus hombros, e inmediatamente T.C. se volvió a sentir tensa e inquieta, como si necesitase dar unas cuantas vueltas más a la pista. Se dio media vuelta y gritó hacia el establo.

—¡Jason! ¿Puedes acabar tú con esto? —sin esperar respuesta se volvió hacia Nick—. ¿Te apetece dar un paseo?

—¿Vamos a mojarnos? —preguntó él volviendo la cabeza hacia las nubes que empezaban a acumularse hacia el sur.

—Todavía tardará unas horas —dijo ella mientras echaba a andar con paso firme. Nick se acomodó a su ritmo—. ¿Que Joe te dejara Yarra Park es una de las razones de que te odie tanto?

—Una más en una larga lista. Cuando fui a vivir con la familia no soportaba la atención que me dedicaban, y creo que nunca lo superó. Con el tiempo aquellos celos empeoraron.

—¿Pero de qué estaba celoso?

—De mis notas, de que jugara en el equipo de fútbol, de los elogios de Joe...

T.C. intentó imaginarlo. De repente volvieron a su mente las palabras que había dicho a Sophie. «Dile que no quiero nada suyo, y menos a su mujer».

—¿Tuvisteis algún problema a causa de su esposa?

—Sí y no —dijo él pensativo.

Se produjo una larga pausa y T.C. pensó que no iba a continuar. Poco a poco habían ido aflojando el paso y ahora se sentía algo triste. Quizá era el efecto de los nubarrones que se acumulaban en el horizonte.

–Emily llevaba un tiempo saliendo con George cuando le confesó que yo le gustaba, o algo así. No sé cómo fue, ni si lo hizo con alguna intención oculta. Yo apenas la conocía. Había coincidido con ella un par de veces, aunque normalmente me mantenía alejado de los amigos de George. Fuera como fuera... –Nick se encogió de hombros como quitándole importancia– aquello provocó la pelea que llevaba años fraguándose. Le di un puñetazo en la nariz, y me habría denunciado de no ser por la intervención de Joe.

T.C. no pudo reprimir una leve carcajada al imaginarlo.

–¿Por eso te fuiste?

–Me habría ido de todas formas.

Se detuvieron al llegar al portón de la propiedad. T.C. pensó que el paseo no había sido suficiente. Dejó escapar un largo suspiro.

–Me gustaría salir de aquí un rato. ¿Me llevarías a dar una vuelta en la moto?

–¿Adónde quieres ir?

–A ninguna parte. A cualquier parte –dijo con una breve risa–. ¿Crees que podemos correr más que la tormenta?

–Suena peligroso –dijo él enfrentándose a ella, tanto que T.C. sintió el calor de su cuerpo y el firme latir de su corazón. Aquel no era el Nick de otro mundo de las historias de Joe. Era el verdadero Nick, el de carne y hueso.

–Quizá esté dispuesta a correr algún riesgo –sugirió ella sonriendo.

Él entrecerró los ojos, y el pulso de T.C. se aceleró.

–Vamos –dijo tomándola de la mano y tirando de ella.

T.C. sintió que la excitación se apoderaba de su cuerpo. Sí, se sentía atrevida y salvajemente impetuosa, pero había algo más. Se sentía verdadera y maravillosamente viva.

Al principio la aceleración irregular de la potente máquina al serpentear por la estrecha carretera aceleró la sangre de T.C. y aguzó sus sentidos, pero al poco rato salieron a la autopista, y el sonoro y firme ronroneo del motor pareció tener el efecto contrario. Se apoyó confiadamente en la espalda de Nick, deslizó las manos en los bolsillos de su cazadora y apoyó la cabeza entre sus omóplatos.

Atravesaron el ancho valle del Murray y emprendieron el ascenso hacia las tierras altas. Por el camino se detuvieron en un rústico bar de carretera y comieron algo en la barra intercambiando historias con el comunicativo encargado.

De cuando en cuando se cruzaban sus miradas o se rozaban sus rodillas y el fugaz contacto volvía a hacer hervir la sangre. Con el café, el encargado se retiró y ellos siguieron con su conversación.

–Por cierto, no me has contado cómo fue tu reunión en Melbourne –recordó T.C. de repente.

–Conseguí una moto que estaba deseando conducir –T.C. volvió los ojos al cielo y él sonrió–. Está bien, no se puede hacer nada hasta que el testamento sea firme, y eso puede llevar un tiempo. Entonces se legalizarán los papeles de la transmisión y la propiedad estará a nuestro nombre.

Aquello sonaba demasiado comprometedor, demasiado definitivo. T.C. sintió una punzada de ansiedad.

—No es eso lo que quiero, Nick.

—Y yo no quiero tu parte.

—Yarra Park pertenece a tu familia —insistió ella con la mirada baja.

—¿Quieres regalárselo a George? Le encantaría. Ya tiene un comprador listo con la pluma en la mano. ¿Qué te ocurre? —Nick tomó su mano al notar una contracción imperceptible en su rostro—. Sé que te pasa algo.

—Es George. Antes dijo algo...

—¿Te amenazó? —la presión de su mano era casi dolorosa—. ¿Qué te dijo, Tamara?

—Me dijo que no hago nada en Yarra Park, que debería haberme ido. Por alguna razón me hizo pensar en las llamadas telefónicas. Quizá ha sido él, y lo ha hecho para asustarme. Aunque no tiene sentido. A quien quiere ver desaparecer es a ti —reflexionó en voz alta. Después de haberlo soltado se sintió ridícula y se echó a reír con incomodidad—. Olvídalo.

—Sabía que yo querría vender. Era a ti a quien tenía que convencer —dijo Nick serio—. Quizá pensó que viviendo sola en el rancho las llamadas te asustarían y te decidirías a aceptar el dinero e irte.

—Pero entonces habría conseguido el nuevo número. Sophie lo consiguió. Cuando uno tiene tanto dinero...

Nick dejó escapar un largo suspiro.

–Tienes razón. No tiene sentido, pero George no siempre actúa de forma racional. Esta mañana lo ha demostrado –su gesto preocupado contrastaba con la firmeza de su mandíbula y de la mano que sostenía la de T.C.–. Vamos, ya es hora de volver.

Nick detuvo la moto en el interior del garaje y paró el motor. T.C. aún sentía el ronco rugido de la máquina en sus venas, en contrapunto con el rítmico golpeteo de la lluvia contra el techo metálico.

La tormenta los había sorprendido en la carretera, pero a pesar de las intensas ráfagas de viento y lluvia y del aterrador momento en que la rueda trasera había perdido el agarre al asfalto y había empezado a culebrear, T.C. no había perdido ni un momento la confianza en que Nick la llevaría de vuelta a casa sana y salva.

Con un ágil movimiento, él pasó una pierna por encima de la moto y quedó en pie a su lado. Se quitó el casco y los guantes y sus dientes resplandecieron en una sonrisa. T.C. sintió sus dedos en la garganta con un escalofrío mientras él le soltaba el cierre del casco y se lo quitaba. A continuación bajó la cremallera de su empapada cazadora y la ayudó a quitársela.

–Voy a sacarte esas botas. Están chorreando.

–No hace falta... –empezó a decir ella.

–Sí hace falta. Debes estar helada.

Ella intentó levantarse, pero él se lo impidió poniéndole una mano sobre la rodilla. Con cuidado le quitó una bota y un grueso calcetín. Tamara intentó concentrarse en algo que no fuera el cálido tacto de sus dedos en el tobillo, pero solo consiguió imaginar aquella caricia en todo su cuerpo, alrededor de su ombligo, en un pezón, deslizándose en el interior de sus braguitas... Intentando apartar aquellas imágenes de su mente pasó la otra pierna por encima del depósito y quedó sentada de lado en el asiento.

Nick le quitó la segunda bota y la tiró a su espalda. El calcetín fue detrás.

–Hay que quitarte esos pantalones mojados.

«Sí, por favor». Aquellas palabras se perdieron en algún lugar entre su cerebro y sus labios. Hubiera querido gritárselas, pero no era capaz. Intentó levantarse del asiento, pero se le doblaron las piernas.

–Estás helada –dijo él, y antes de que pudiera responderle, pasó un brazo por debajo de sus muslos y la tomó en sus brazos.

El mundo entero pareció girar a su alrededor mientras se dirigía hacia la puerta que daba a la casa. La atrajo firmemente hacia su pecho para poder abrir la cerradura y T.C. dejó escapar involuntariamente un suspiro. Hubiera querido quedarse así para siempre. Entonces se dio cuenta de que estaba enamorada de él. No con sorpresa, sino con una intensa emoción que parecía a punto de estallar en su pecho.

Él la dejó en el baño y abrió el grifo del agua caliente al máximo.

–No salgas hasta que hayas entrado en calor, ¿de acuerdo?

–Gracias –dijo ella cuando su lengua respondió por fin.

–¿Por qué?

–Por meterme en la casa. Por la comida. Por la salida.

–¿Te has divertido?

T.C. asintió.

–¿Ves como no es tan difícil? –dijo él alzando una ceja antes de salir.

Mientras el agua ardiente resbalaba por su piel, T.C. pensó que solo faltaban cinco días para que él volviera a Nueva York. Solo le quedaban cinco días para... ¿para qué? ¿Para dudar? ¿Para aplazar lo inevitable? ¿Para ocultar sus sentimientos?

¿O cinco días para disfrutar del cielo, para sumergirse en él y dar rienda suelta a sus sentimientos? ¿Pero podría hacerlo? ¿Y después qué? ¿Sería capaz de darle un beso y decirle que había sido «divertido», aunque tuviera el corazón hecho trizas?

Salió del baño acabando de secarse en el momento en que Nick entraba en el pasillo procedente del salón. Los dos se detuvieron en seco. Ella sosteniendo la toalla que la envolvía. Él con los dedos en los botones de la camisa. Nick siguió avanzando hacia ella descalzo mientras seguía desabotonándose la camisa. Podía percibirse la electricidad en el aire.

En aquel momento T.C. comprendió lo que iba a ocurrir. Su corazón había tomado la decisión. Al notar que se le iba la cabeza, se apoyó contra la pared para no caer, aferrándose a la toalla e intentando armarse de valor.

Nick pasó por delante de ella sin una palabra.

Se quitó la camisa con un gesto seco y la lanzó a través de la puerta del baño. De modo que ella iba a tener que dar el primer paso. T.C. tragó saliva y con la seguridad que le daba saber que lo amaba con todo su corazón, dio ese paso.

–No te va a resultar fácil quitarte esos vaqueros tan mojados.

Él se detuvo en el umbral. Apoyó una mano en el montante de la puerta y los músculos de sus hombros se tensaron. Estaba alerta, esperando sus siguientes palabras.

–Puede que necesites un poco de ayuda.

Nick se volvió con los ojos brillantes.

–¿Qué quieres decir?

–Quiero decir que he cambiado de idea, y me gustaría saber si tú sigues pensando lo mismo.

–Dilo ya, Tamara.

«Allá va, el todo por el todo». Antes de hablar se aclaró la garganta para que sus palabras quedaran perfectamente claras.

–¿Quieres hacerme el amor, Nick?

Capítulo Diez

Durante lo que pareció una eternidad T.C. sostuvo su mirada. Los ojos entrecerrados de Nick parecían querer asomarse a su alma. Entonces sonrió lentamente.

Se acercó a él aliviada y temblorosa. Nick tomó su rostro entre las manos y tocó su frente con los labios. Fue un beso inesperado y exquisitamente tierno.

–Gracias a Dios que has cambiado de idea –susurró. El corazón de T.C. se ensanchó hasta que pareció que iba a salírsele del pecho.

Entonces la besó. De verdad. Nick percibió el perfume de la naturaleza en sus labios, y su boca se asentó hambrienta sobre la de ella. Tamara sintió entonces el verdadero sabor de Nick en sus labios, en su lengua, en toda su boca. Podría haberlo besado durante horas, o días, pero entonces la lengua de Nick se deslizó en su interior y la sacudida de deseo fue instantánea y dolorosamente intensa.

Necesitaba tocarlo, sentirlo contra su piel. Hizo descender sus manos por aquella poderosa espalda y al encontrar sus nalgas las apretó contra ella. Con un gemido grave y hambriento separó su boca de la de Nick y enterró la cara en su cuello. Saboreó la lluvia en su piel mientras percibía en la lengua su pulso desbocado.

Las manos de Nick se posaron en sus caderas y bajaron hasta que la puntas de sus dedos tocaban la parte posterior de sus muslos. Entonces empezaron a avanzar hacia dentro. ¿Cómo era posible que una caricia tan suave ardiera como una brasa encendida?

Él se apartó un poco y T.C. notó cómo tiraba suavemente de la toalla. Al momento no sintió más que el aire fresco. Durante un instante se sintió expuesta y vulnerable, desnuda ante él. Entonces lo oyó tomar aire y sintió cómo aquellas manos cubrían sus pechos. Con los ojos aún cerrados percibió el movimiento del aire cuando él hundió la cabeza en su pecho. Sus ojos se abrieron de par en par al sentir aquella lengua musculosa y suave girar alrededor de un pezón furiosamente erecto.

T.C. hundió sus dedos en el pelo fresco y mojado de Nick y apretó su cabeza contra sí, apartándola al instante.

–Déjame tocarte –susurró.

–Podrás tocarme todo lo que quieras cuando me haya librado de estos condenados pantalones.

Ella apretó las caderas contra aquellos condenados pantalones y un escalofrío sacudió su cuerpo. Mientras le desabotonaba la bragueta tan rápido como podía pudo oír su afilada respiración, y al momento tuvo delante la evidencia de su deseo.

Aquello era mucho Nick. Mucho, muy grande y muy duro. T.C. sintió que se le iba la cabeza al sentirse más mujer de lo que se había sentido nunca. Porque ahora veía cuánto la deseaba Nick. Él soltó un leve gruñido, pasó las manos por debajo de sus nalgas y la alzó en volandas.

–Vamos a buscar una cama, manitas.

Empujó la puerta con un hombro y seis pasos después T.C. se sintió caer sobre un mullido lecho. Para cuando su cabeza dejó de dar vueltas, los pantalones de Nick habían desaparecido. Pensó que para ser un hombre tan tranquilo podía moverse muy rápido cuando quería.

Completamente desnudo, se abalanzó sobre ella, reclamando su boca con la misma ansia con que deseaba su cuerpo, hundiendo la lengua en aquellos labios hinchados de besos. La había deseado desde el momento en que ella le había puesto las manos encima aquella noche, pero no había imaginado que ese deseo se apoderase de él con tal violencia. Ya no podía pensar en ir despacio, en saborear el momento. Solo podía pensar en estar dentro de ella.

«Alto ahí, Niccolo», se dijo de repente. Quería mirarla, y quería saborearla. Por todas partes. Sus altos y firmes pechos, la curva de su vientre, la suave mata rizada de su sexo. Deslizó un dedo entre sus piernas y la sintió estremecerse.

–Por favor, Nick... –suplicó ella apretando las caderas contra él, invitándolo.

–Sí, cariño, yo también lo quiero. El problema es que te quiero toda, y lo quiero todo a la vez –murmuró mientras aquel dedo se introducía en su interior–. Estás tan mojada...

Cerró los ojos y se obligó a serenarse. Hubiera querido prolongar aquel placer eternamente, pero cuando abrió los ojos vio que ella se mordía aquel carnoso labio inferior y que sus ojos estaban brillantes, salvajes y hambrientos.

–Por favor, Niccolo...

«Oh, Dios... ¡Protección!» Nick rodó con ella hasta el borde de la cama, y sin saber muy bien cómo, consiguió abrir el paquete que guardaba en la mesilla y ponerse un preservativo. Entonces se introdujo en ella de un solo y largo golpe. Tamara se aferró a él y ambos quedaron inmóviles, como intentando detener el tiempo. Nick se asomó a aquellos profundos ojos verdes y le asombró verlos llenarse de lágrimas. Ella le acarició las mejillas con las manos y dejó escapar un profundo suspiro.

Nick enjugó aquellas lágrimas con sus besos mientras empezaba a moverse en su interior con golpes largos y profundos. Notó que su autodominio se tambaleaba cuando ella enroscó las piernas a su alrededor atrayéndolo aún más hacia sí. Él empezó a moverse más rápido y con más fuerza, estimulado por la rítmica caricia de aquel cuerpo. Entonces la tocó, una vez, y Tamara explotó en un intenso y violento éxtasis que hizo volar en pedazos su control. No quería esperar más. No podía. Tenía que vaciarse entero dentro de ella, y mientras ella latía envolviéndolo, Nick sintió que su corazón y sus entrañas explotaban mientras ella se apretaba a su alrededor como si nunca fuera a soltarlo.

T.C. se despertó lentamente. Su cerebro iba una docena de pasos por detrás de sus sentidos, que ya eran perfectamente conscientes de la presencia de Nick. El pausado latir de su corazón contra la mejilla. Las sólidas formas de su cuerpo contra el de ella, el perfume almizclado de los cuerpos.

¿Qué había pasado, habían hecho el amor, o se

habían entregado salvajemente al sexo? Para ella no había duda. Por difícil que fuera, estaba aún más enamorada de él que antes. ¿Pero qué pensaría Nick?

Con mucho cuidado se deshizo de su abrazo y se apartó un poco de él. No iba a ir a ninguna parte. Solo quería... mirarlo.

Estaba tendido de lado, tapado hasta la cintura. T.C. notó que el corazón le daba un salto en el pecho cuando pensó en apartar la sábana y dedicarse a absorber aquella belleza a la cálida y brillante luz de la mañana. Mirarlo y quizá tocarlo. Con sus manos, con la boca... La idea volvió a encender el deseo en su cuerpo. Era sencillo. Solo tenía que deslizar la mano sobre aquel duro y plano vientre, levantar la sábana y... Se detuvo al oír voces que se infiltraban en sus planes secretos. Y no eran las que resonaban en el interior de su cabeza susurrando, «hazlo...» Eran otras.

Sus ojos se abrieron de par en par. ¿Realmente había oído voces? Desde el otro extremo de la casa llegó el sonido de una puerta al cerrarse, y T.C. saltó de la cama.

–¿Qué pasa? –preguntó Nick abriendo unos ojos soñolientos.

–¿Estáis ahí? ¿T.C.? ¿Nick?

–Jason –murmuró T.C. lanzándose al suelo mientras empezaba a buscar frenéticamente algo que ponerse entre la ropa tirada en el suelo. Finalmente se puso una camiseta de Nick vuelta del revés–. ¡Viene hacia aquí! ¿Qué hora es? ¿Y quién viene con él? ¿Tienes unos shorts que prestarme?

–En el cajón de arriba.

Se puso unos boxers de satén sin dejar de mirar

horrorizada hacia la puerta. Nick la observaba divertido y perfectamente tranquilo.

–¿Hay alguien en casa? –esta vez la voz de Jason sonó muy cerca, probablemente en el pasillo.

–Ahora voy –dijo Nick, pero T.C. ya salía disparada por la puerta.

Estuvo a punto de chocar con Jason, cuya alegre sonrisa se heló mientras sus ojos pasaban de la extraña indumentaria de T.C. a la puerta de la habitación de Nick y después se clavaban en un punto indefinido de la pared. Su rostro se volvió de un intenso color púrpura, aproximadamente el mismo que el de ella.

–Ayer pensé que os habíais retrasado por la tormenta y no me preocupé, pero al no verte en los establos esta mañana, mamá dijo que debería entrar por si te pasaba algo.

–¿Mamá?

–Se le ocurrió venir a ver si querías que te echara una mano con la casa.

Antes de que T.C. pudiera decir nada, oyó ruido a su espalda y sintió sobre sus hombros el suave peso de las manos de Nick, que la atraían contra su torso desnudo. Al menos se había puesto unos jeans, aunque no hacía nada por disimular la razón de que se hubieran dormido.

–¿Por qué no pones una cafetera, Jason? Ahora mismo estamos contigo.

Jason desapareció en un abrir y cerrar de ojos, y a T.C. le hubiera gustado poder hacer lo mismo. Nick apretó sus hombros suavemente, como intentando ablandarlos.

–Se iba a enterar de esto aunque no hubiera entrado en la casa, así que no te preocupes. Nada ha

118

cambiado. Sé tú misma, ¿de acuerdo? –murmuró contra su pelo, y a continuación depositó un tierno beso en su cuello.

¿Que nada había cambiado? T.C. sintió como un martillazo en el corazón. «¿Y qué esperabas, Tamara Cole? ¿Declaraciones de amor y promesas de devoción eterna?» Eso ya lo había oído y sabía lo poco que significaba.

Nick la hizo darse la vuelta. Puso un dedo bajo su barbilla y la obligó a levantar la cara.

–¿De acuerdo? –su mirada era serena y tranquilizadora.

–De acuerdo –dijo T.C. Con un esfuerzo sobrehumano consiguió sonreír y se apartó de él–. Voy a ponerme algo más de ropa. Creo que ya hemos asustado bastante a Jason por hoy.

Después de una reparadora ducha se sintió más humana. La vida no parecía tan trágica después de todo. Y cuando salió de su dormitorio y percibió el aroma del beicon recién frito y el café perdonó a Cheryl y a Jason su inoportuna entrada. Los gruñidos de su estómago le recordaron que en el frenesí de la pasión Nick y ella habían olvidado cenar, y después estaban demasiado cansados para molestarse.

Al entrar en la cocina la recibió el espontáneo abrazo de Cheryl.

–Es un placer verte otra vez en esta cocina –dijo T.C. mientras la abrazaba con fuerza. Después de la muerte de Pete había dejado de trabajar y de salir a cualquier parte. Era una buena señal que estuviera allí.

–Pensé que ya era hora de que esta vieja continuara con su vida.

T.C. se apartó y la observó atentamente.

–Hmm, pues esta vieja tiene muy buen aspecto.

–Y tú estás muy flaca. Creo que necesitas un desayuno decente –dijo volviéndose hacia la sartén.

T.C. se sirvió una taza de café y al volverse vio a Nick, que la observaba apoyado en el marco de la puerta con una éxtraña expresión. Intensa, pero no con la intensidad de la lujuria. Era más suave, y la miraba como si estuviera en las nubes. Al sentir que se le aflojaban las piernas se dejó caer en un taburete y enterró la nariz en la taza. Por encima del borde vio cómo Nick entraba sonriendo a Jason y se presentaba a Cheryl.

Empezaron a hablar del tiempo, gris y sombrío, de la tormenta del día anterior y del heroico regreso en la moto. Cuando Nick terminó su narración, Jason se levantó.

–Bueno, yo me voy a trabajar.

T.C. hizo ademán de levantarse, pero una firme mano sobre su hombro la impidió hacerlo.

–No tienes por qué dejar el desayuno a medias. Jason puede empezar sin ti.

–Empieza por Gina y Pash –dijo a Jason sin dejar de mirar a Nick–. Ya sabes qué hay que hacer.

Nick alabó el desayuno de Cheryl con una amplia y cautivadora sonrisa antes de pasar a cosas más serias.

–¿Entonces le interesa un trabajo estable? –preguntó.

–Un día a la semana estaría bien. Era lo que solía hacer antes.

–Perfecto. ¿Su trabajo incluye hacer la compra?

–Ya he visto que los armarios están casi vacíos. Haré una lista.

Ambos se pusieron a hablar de la paga y la organización de la cocina, y de repente T.C. se sintió excluida y abandonada.

En fin, no podía pasarse el día lamentándose. Nick lo había dicho bien claro: nada había cambiado. Había que hacer correr a los caballos, limpiar los establos y hacer todo lo que seguiría importando cuando él se hubiera ido.

Veinte minutos después Jason iba a agarrar una silla de montar en el establo cuando su rostro se contrajo en una inequívoca mueca de dolor.

–¿Te has hecho daño? –preguntó T.C.

–No es nada.

–Tú no pones esa cara por nada –insistió, pero él se volvió y se puso a hacer como si estuviera ocupado–. Mírame, Jason.

El chico se volvió, ligeramente ruborizado, evitando su mirada.

–¿Qué te pasa en la mano? –preguntó. Él la ocultó instintivamente, pero sus ojos no podían mentir–. Te has peleado con alguien, ¿verdad? Oh, Jason. Sabes que no puedes permitirte volver a meterte en líos.

–No ha pasado nada.

T.C. recordó la noche que había ido al bar, cuando había visto a Red Wilmot apoyado en la máquina de discos.

–Es Red, ¿verdad? ¿Ha estado dándote problemas? Porque si es así...

–Puedo solucionarlo yo solo –dijo él con expresión seria–. Vamos, T.C., mi madre ya me ha echado la bronca.

«Sí, me lo imagino», pensó T.C. Se preguntó si habría sido la preocupación por su hijo lo que había hecho salir a Cheryl de su retiro autoimpuesto, si temería que Jason volviera a mezclarse con malas compañías. Red Wilmot era eso y mucho más. Se dio cuenta de que el recuerdo de Red producía en ella el mismo efecto de inquietud e incomodidad que pensar en George.

Durante el resto de la mañana las preocupaciones no dejaron de ocupar su cabeza. Hizo falta la aparición de Nick en la puerta del establo para que desapareciera de su cabeza todo menos aquella sonrisa.

–Hola –dijo él sonriente.

–Hola –respondió ella devolviéndole la sonrisa. Él extendió una mano y le quitó algo del pelo.

–Una brizna de paja –Star soltó un suave resoplido y él se acercó y pasó una mano a lo largo de su brillante cuello negro. Esta vez no hubo coces, ni sacudidas de cabeza, ni dientes a la vista –. ¿Has visto? Parece que ya no le caigo tan mal.

–Quizá se está acostumbrando a tenerte cerca.

–¿Tú crees?

T.C. lo miró a los ojos y la intensa reacción de su cuerpo la hizo pensar que ella nunca se acostumbraría a tenerlo cerca. Entonces reparó en su atuendo. Unos chinos oscuros recién planchados, camisa beige y chaqueta a juego. Ropa de ciudad. En pocos días volvería a verlo aparecer con sus ropas de vestir y una maleta en cada mano.

–Esa ropa no es muy adecuada para trabajar

—intentó bromear, pero sus palabras resultaban forzadas.

—Tengo que ir a Melbourne. Voy a ver a George.

—Oh. ¿Es por lo que te dije?

—En parte. Ayer intenté hablar con él, pero no me escuchó. Debería intentarlo con más tranquilidad.

—¿Y si no quiere oírte?

—Entonces quizá tenga que volver a romperle la nariz.

—La violencia no resuelve nada –dijo ella, más para Jason, que estaba a varios metros con la oreja pegada a la conversación, que para Nick–. Y lo de las llamadas... realmente no tiene sentido. Creo que deberías olvidarlo.

Él alzó su barbilla con un dedo y la miró a los ojos.

—Confía en mí –dijo en tono tranquilizador–. ¿Por qué no me acompañas? Después podríamos ir a algún sitio a cenar.

—¿Como en una cita?

—Eso es, como en una cita.

Lo primero que pensó era que no tenía nada adecuado que ponerse, pero no tenía sentido. Aquello nunca la había importado. ¿Por qué se sentía tan insegura? ¿Qué temía, no estar a la altura de su acompañante? ¿Hacer frente a George? ¿Todo a la vez? Negó con la cabeza, intentando sonreír.

—¿Podríamos dejarlo para otro día? No quiero dejar sola a Cheryl el día de su regreso.

Los ojos de Nick se entrecerraron y T.C. comprendió que no iba a conformarse así como así. Pero no quería ir a Melbourne con él, y no quería explicarle por qué. La única solución era una maniobra de distracción. Poniéndose de puntillas le pasó las manos por el cuello y besó sus labios. Pero sin poder contenerse, hundió los dedos en sus cabellos y con un suave gemido se pegó a él. Nick tomó su rostro en las manos y acarició con la lengua su húmedo labio inferior. El deseo volvió a hervir en sus venas. Entonces apartó su boca y apoyó la frente contra la de ella con una grave risa que resonó en todo el cuerpo de T.C.

–Parece que no quieres que lo discutamos –dijo. Esta vez ella pudo sonreír con naturalidad–. Es tu última oportunidad de subir a la moto. Hoy se la devuelvo a Graeme.

Ella le acarició la mejilla dulcemente, pero negó con la cabeza.

–Jason puede arreglárselas solo. Y la responsabilidad le vendría bien –dijo él en un último intento.

–Lo sé. Pero hoy no, de verdad.

Él volvió a entrecerrar los ojos y frunció el ceño. Irritada por su insistencia, y aún más molesta por sus propias dudas y miedos, T.C. se apartó de él. Nick captó el gesto.

Capítulo Once

A pesar de la distracción de hablar con Cheryl y preocuparse por Jason, el día se hacía interminable, y evidentemente la razón era la ausencia de Nick. T.C. no se molestó en intentar convencerse de que cuando él se marchara todo resultaría más fácil.

Viendo que Jason seguía intentando ocultar su dolor, convenció a Cheryl de que lo llevara al médico. Quizá con el doble de trabajo la tarde se pasara antes. Hacia las cuatro sonó el teléfono. El sobresalto fue tal que estuvo a punto de tirar al suelo una lata de aceite para cascos. Pero era Nick.

–¿Va todo bien?

–Sí.

–¿Seguro?

–Claro. ¿Cómo te ha ido con George?

–Supongo que no mal del todo. Nunca seremos grandes amigos, pero algo hemos avanzado –Nick hizo una pausa y T.C. vio mentalmente como volvía a fruncir el ceño–. Dice que no sabe nada de las llamadas, y la verdad es que lo creo. No sé muy bien por qué, ya que sabe mentir como nadie, pero en esto creo que dice la verdad.

–No ha vuelto a ocurrir desde que cambiaste el número. Estoy segura de que fue algún crío. Olvídalo.

«Olvídalo, pero no cuelgues», suplicó en silencio. «Háblame un poco más».

–¿Le has devuelto la moto a tu amigo?

–Sí, vuelvo a ir sobre cuatro ruedas. ¿Sabes? Me has arruinado el viaje de vuelta.

–¿Quién, yo?

–Sí. Era mi último viaje en esa belleza y no sentí nada, ni la sensación de libertad, ni esa fuerza... Tenía la impresión de que no iba a ninguna parte. Solo pensaba en lo que dejaba atrás. Hubiera querido que vinieras conmigo.

–Lo sé... –dijo T.C. con el corazón en un puño. Lo siento, Nick. Yo también quería estar contigo.

–Bueno, tengo que irme ya –dijo él finalmente–. Estaré allí hacia las seis. ¿Quieres que salgamos a cenar?

–Podemos quedarnos aquí. Cheryl ha guisado algo que huele a gloria.

–Llevaré el vino.

–Date prisa –susurró ella, pero Nick ya debía haber colgado. El tono de marcar resonó en su oído.

Se duchó, se secó el pelo, se frotó todo el cuerpo con leche hidratante, e incluso se puso algo de maquillaje, aunque al final se lo quitó casi todo. Encontró el único conjunto de ropa interior a juego que tenía, y después de revolver todo el armario se puso el top más ceñido que encontró y unos pantalones anchos que caían sensualmente sobre sus caderas.

Después de preparar la mesa empezó a vagar por la casa sin saber qué hacer. Nick tardaría como mínimo media hora más. Al final decidió acercarse a los establos, el único lugar donde podía sentirse tranquila. Según llegaba a la puerta le pareció ver con el rabillo del ojo que algo se movía en el cuarto de los aparejos.

Jason debía haber vuelto a limpiar los arneses que habían utilizado durante el día. Era típico de él. T.C. sacudió la cabeza y entró llamándolo en voz alta. Pero no hubo respuesta.

Un extraño escalofrío ascendió por su columna. Según giraba la cabeza alcanzó a ver una cabellera roja, una sonrisa retorcida y un brazo en alto. Entonces su cabeza estalló en un cegador fogonazo blanco.

«Date prisa», le había susurrado por teléfono con aquella enloquecedora voz. Como si hubiera sido necesario. Nick miró el reloj mientras el Land Rover de alquiler atravesaba el portón. Sonrió. Había batido un nuevo récord de velocidad entre Portsea y Riddells Crossing, a pesar de la parada para comprar vino. Y flores.

El coche se detuvo con un fuerte frenazo junto al Courier de T.C. ¿Por qué tenía tanta prisa? No lo sabía, pero ahora que había llegado, pensaba tomárselo todo con mucha más tranquilidad. Entró en la casa y vio que la luz de la cocina estaba encendida. La mesa del salón estaba puesta. Con velas. «Un buen detalle», se dijo. La puerta del baño estaba abierta, y la ropa de trabajo de T.C. en el suelo. Aspiró el suave perfume de su champú y se imaginó su cuerpo desnudo y brillante al salir del agua. Su pulso se aceleró.

Al poner la mano sobre el picaporte de la puerta de su dormitorio supo que la casa estaba vacía. Durante un segundo intentó asimilar aquella sensación. Durante todo el viaje de vuelta había tenido la impresión de volver al hogar, y ahora que estaba allí, no sentía nada más que vacío.

Salió al patio y según tomaba el camino que llevaba a los establos oyó el lastimero gemido de Bi y se le heló el corazón. Echó a correr y al entrar en el establo la vio en el suelo, recostada contra la pared.

–¿Pero qué...?

Ella intentó sonreír. Nick se agachó y tomó su cabeza con manos temblorosas.

–¿Estás bien, cariño?

–La cabeza... me duele... –dijo ella lentamente.

Él miró fijamente sus ojos vidriosos y vio un relampagueo de dolor cuando sus dedos apretaron involuntariamente. Dejó escapar un juramento entre dientes.

–Lo siento, cielo –musitó mientras la tomaba en sus brazos y le apoyaba la cabeza contra su pecho.

–Mejor... –murmuró T.C.

Estaba bien. No debía ser más que una contusión, pensó Nick, pero no iba a correr el menor riesgo. Tenían que ir directamente a urgencias. De camino hacia el hospital T.C. se volvió hacia él y su voz sonó firme y lúcida.

–Sé quién ha sido. Pude verlo.

Si no dejaba todo el mundo de tratarla como una inválida iba a gritar. Después de pasar la primera noche en observación en el hospital había dado un suspiro de alivio, pero ya llevaba dos días en casa y estaba a punto de estallar.

Cansada de estar tumbada viendo la televisión, el día anterior había bajado al establo, pero Nick la había tomado en brazos y la había llevado de vuelta a la casa, mascullando algo acerca de que no sabía dejar a un lado el trabajo. Parecía tan enfadado que T.C. no se había atrevido a decir nada.

Aquella noche él había insistido en que durmiera sola en su cama, lo cual no había sido nada bueno para su cabeza, ya que no había dejado de darle vueltas a la idea de que quizá él había tenido suficiente con una noche y aquello le había proporcionado la coartada perfecta para no repetir.

Cuando despertó a la mañana siguiente, Nick acababa de volver del establo con la policía, que había ido a informarles de los últimos acontecimientos.

Habían detenido a Red la misma noche que había atacado a T.C. En su coche habían encontrado varios miles de dólares en arneses y aparejos de Yarra Park. Borracho y beligerante, había acabado confesando todo, incluidas las llamadas telefónicas.

Al principio solo había pretendido asustar a la mujer que según él había puesto a Jason en su contra. Después había surgido la idea del robo, pero al oír a Nick responder el teléfono se había echado atrás.

Tras la pelea con Jason ardía en deseos de venganza, y la suerte se había puesto de su parte al coincidir con Nick en la gasolinera y oírle decir que iba a estar todo el día en Melbourne. Después solo había tenido que esperar a que T.C. volviera a la casa después de la jornada, y a no ser por su inesperado regreso se habría llevado todo lo que hubiera encontrado que pudiera vender y quizá hubiera hecho algún destrozo o soltado los caballos.

Tras irse la policía, T.C. durmió una larga siesta y despertó a media tarde. Cheryl también se había ido. Estaba sola y aburrida, y de repente a lo lejos un trueno pareció responder a su mal humor. Salió al porche a contemplar la tormenta. Un imponente manto de un profundo gris oscuro cubría los montes del sur. Súbitamente un rayo culebreó en la distancia.

Solo habían pasado tres días desde la última tormenta, pero parecía mucho más. Y su estado de ánimo era tan sombrío como la tarde. De repente decidió salir a dar un paseo. Se puso un chubasquero y salió.

Tomó un sendero que daba la vuelta a la propiedad siguiendo la orilla del río. En el punto más lejano el viento cambió sin previo aviso y T.C. supo que iba a mojarse. Pero aquello no la preocupaba. Se detuvo y abrió los brazos volviendo el rostro hacia el cielo para recibir las primeras gotas de lluvia. Con los ojos cerrados, sintió como si la lluvia cayera a cámara lenta. La primera gota golpeó en su frente. La segunda en su barbilla. Una tercera en su mejilla, y entonces se abrieron los cielos con un rugido ensordecedor.

Una carcajada brotó de su garganta y echó a correr. ¿Cuánto tiempo hacía que no corría bajo la lluvia? Normalmente corría huyendo de la lluvia, con demasiada prisa para oler el aire fresco, para respirar el olor de la tierra mojada, para saltar sobre los arroyuelos que surcaban el camino. Aquel día con Nick querían correr más que la tormenta. Ahora ella quería correr con la tormenta.

Cuando por fin se dejó caer en los escalones del porche jadeaba con fuerza y parecía que el corazón se le iba a salir del pecho. Oyó cómo a su espalda se abría y cerraba la puerta. Sonrió y alzó la cabeza.

–Gracias –consiguió decir entrecortadamente mientras sus ojos ascendían a lo largo de aquellas piernas enfundadas en vaqueros y la camisa de algodón hasta el rostro ceñudo de Nick.

–¿Dónde demonios estabas?

La sonrisa de T.C. se congeló en sus labios.

–Dando un paseo. Necesitaba aire.

–¿No has visto que venía la tormenta?

–Llegó más rápido de lo que pensaba –dijo ella con una suave risa, decidida a no permitir que le arruinara el momento–. ¿No es increíble?

–Lo que es es peligrosa. Entra en la casa y quítate esa ropa.

–Me he mojado un poco, ¿no? –dijo T.C., y sintió que la mirada de Nick recorría su cuerpo, aunque su gesto no se ablandó.

–Vamos, Tamara, quítate eso de una vez.

–Muy bien –dijo ella obediente, y empezó a desabrochar botones. Primero se quitó la cazadora y la tiró al suelo. A continuación se sacó las botas y los calcetines. Y se estaba desabotonando la camisa cuando unas fuertes manos la tomaron y la alzaron en el aire en un fluido movimiento.

Aquello ya había ocurrido antes. Pero esta vez T.C. no se reprimió y pasó los brazos alrededor del cuello de Nick apretándose contra su cuerpo. Él se detuvo en seco.

–Sigo estando enfadado, ¿sabes?

Ella sonrió.

–Lo sé.

–Se estaba haciendo tarde. No sabía adónde habías ido –sus brazos la apretaron contra su pecho con fuerza, en contraste con la ternura de su voz–. ¿Por qué me dabas las gracias?

–¿Cómo dices?

–Cuando he salido, me has dado las gracias.

–Oh, por obligarme a permanecer en casa. Por hacerme frenar un poco y darme la oportunidad de correr bajo la lluvia.

Dicho en voz alta resultaba algo absurdo, pero él inclinó la cabeza y la besó en la frente con una sonrisa.

–De nada.

La sostuvo con un brazo mientras abría la puerta, pero con el cambio de peso los pechos de T.C. se apretaron contra su torso y sus pezones respondieron endureciéndose al instante y despertando el deseo hasta en el último rincón de su cuerpo.

T.C. le agarró la camisa y desabrochó con impaciencia dos botones, metiendo una mano por la abertura y posándola sobre el corazón de Nick, que latía desbocado, para luego acariciar sus pectorales cubiertos de encrespado vello.

Uno de sus pies descendió hacia la muy abultada bragueta de Nick y la acarició fugazmente. Él se detuvo en seco en el centro de la cocina.

–Tranquila, cariño, o no llegaré más allá de la mesa.

–¿Y eso sería un problema? –preguntó ella imaginando el tacto del suave cedro pulido contra su piel.

Él rio suavemente y siguió caminando hacia su dormitorio.

–Hay que quitarte estos pantalones –dijo con tono autoritario pero con aquella voz aterciopelada que obraba milagros en su cuerpo.

–Todos tuyos –dijo ella con una sonrisa de sirena.

Nick le desabotonó los vaqueros con dos dedos y tiró de la cremallera. El dorso de su mano rozó el vientre de T.C., que aspiró profundamente. Aquellos dedos se demoraron en su ombligo antes de explorar la suave curva de su vientre y deslizarse por debajo de su tanga.

Una deliciosa pesadez se apoderó del cuerpo de T.C. Su garganta dejó escapar un leve gemido suplicando a aquellos dedos que se hundieran en el centro de su ser, húmedo y ardiente. Nick tiró de los pantalones y acabó de quitárselos, y volvió a tomarla en brazos para depositarla sobre la cama. Intentó encender la lámpara de la mesilla, pero no funcionaba.

–Maldita sea –murmuró contrariado–. La tormenta ha debido provocar un corto.

–¿Para qué quieres luz?

–Pronto anochecerá –dijo mientras acariciaba su mejilla–. Y quiero ver tus ojos cuando esté dentro de ti.

–Hay velas en la despensa –susurró ella, presa de la impaciencia. Él volvió a acariciar su rostro y asintió en silencio–. Date prisa.

–Enseguida vuelvo.

Con un gemido de frustración T.C. enterró la cara en las sábanas y aspiró a fondo su olor. Estiró las piernas y frunció el ceño al reparar en la tosca camisa de franela que se pegaba a sus hombros. Se la desabrochó a toda velocidad, arrancando uno de los botones en el proceso, y la tiró a un lado. Debajo solo llevaba una práctica camiseta.

Por primera vez en su vida hubiera querido llevar un conjunto de ropa interior transparente con encajes, del tipo que probablemente gustaba a Nick. ¿Pero a quién intentaba engañar? Ella no era esa clase de mujer, y lo sabía.

Nick volvió a entrar en la habitación con pasos silenciosos. La llama de la vela se reflejaba en sus ojos dándoles un brillo dorado. Qué hombre tan hermoso. Demasiado hermoso para ella.

T.C. se sentó con las piernas cruzadas al borde de la cama y sus ojos ascendieron hasta el rostro de aquel hombre que la hacía sentirse tan débil y tan fuerte a la vez. Todo su cuerpo parecía vibrar. En aquel momento solo existían ellos dos, aislados del resto del mundo por el manto de agua que cubría la casa como una espesa cortina gris y por la fuerza de su deseo.

Su mirada volvió a descender acariciando el pecho desnudo de Nick y siguiendo la oscura flecha de vello que desaparecía bajo sus jeans.

–Ahora voy a aceptar la oferta que me hiciste, Tamara –dijo él pronunciando su nombre con dolorosa lentitud–. Quítame los pantalones.

–Claro –musitó ella–. Pero primero quiero tocarte.

–Lo que tú quieras.

Bastó una simple caricia de su mano contra la tela del vaquero para hacer que Nick se sintiera a punto de volar. Pero tomó aire y contuvo el aliento en un esfuerzo por no lanzarse sobre ella.

Las manos de T.C. acariciaron su cintura y ascendieron siguiendo el contorno de sus costillas.

Todo el cuerpo de Nick gritaba de necesidad. Sus ojos se abrieron de par en par y la contempló en el espejo.

–Eres preciosa –murmuró con voz casi inaudible. Ella negó con la cabeza y él posó los labios en sus suaves cabellos rubios–. Sí, eres increíble y embriagadoramente preciosa.

Dejó escapar un suspiro y acarició aquella delicada nuca. Deslizó las manos a lo largo de los hombros de Tamara arrastrando los tirantes de su camiseta y dejándola desnuda hasta la cintura. Pero no miró. Siguió concentrado en la imagen del espejo. Sus manos recorrieron los brazos de T.C. arriba y abajo mientras bajaba con los dedos aún más la camiseta, que quedó colgando de sus caderas. Tuvo que hacer un esfuerzo sobrehumano para contenerse y no apretarla contra sí.

–Quítamelos, Tamara.

Ella lo tocó con mayor atrevimiento, y cuando se humedeció los labios Nick dejó escapar un sordo gruñido y cerró los ojos. Por un instante dejó de sentir sus manos. Pero al instante empezaron a tirar de sus pantalones hacia abajo. Estaba tan cerca que Nick sentía su aliento en la piel. Apretó los puños pensando que si aquella boca se cerraba alrededor de él no podría resistirlo. Solo pensarlo le hizo estremecerse.

–Perdona –dijo ella mirándolo con los ojos muy abiertos mientras se mordía el labio inferior.

–Por favor, cariño, jamás me pidas perdón por hacerme sentir así. Tomó un preservativo del cajón y se lo ofreció–. ¿De verdad quieres hacerlo?

Oh, desde luego que quería. Nick jamás había experimentado nada igual. Cuando no pudo resistirlo más arrancó con rápidos movimientos las dos prendas que aún llevaba y Tamara quedó completamente desnuda y temblorosa ante él. Sus manos, sus ojos y su boca recorrieron con avidez aquel cuerpo desnudo, demorándose en su carnosa boca, su perfecto cuello, la suave piel de sus muslos, y aquellos pechos asombrosamente perfectos.

Con una mano sobre su suave vientre y mientras devoraba sus pechos, acarició el hinchado y sensible botón que ocultaba su sexo cosquilleándolo hasta que exhaló un largo gemido y se arqueó buscándolo. A él. Fue entonces cuando le dio lo que ella estaba pidiendo. Primero con la boca. Y cuando sus gritos de placer le anunciaron su éxtasis, alzó sus caderas y se introdujo en ella.

En su hogar. No un lugar, sino una mujer.

Una mujer de piel satinada y tiernas manos, de alargados músculos y suaves curvas, increíblemente fuerte y frágil a la vez. Una mujer cuya sensualidad lo atraía cada vez más dentro de su cuerpo y cuyos ojos resplandecientes lo atraían cada vez más dentro de su alma. Una mujer cuyos suaves gemidos lo transportaron a alturas desconocidas hasta que estalló en una explosión de puro placer que le hizo perder la noción de si mismo mientras su nombre brotaba de sus labios.

Tamara.

Entonces se perdió entre sus curvas, cubriéndola con su cuerpo, los dedos entrelazados, las frentes tocándose. Aquel era su hogar.

Capítulo Doce

Una vela se había consumido por completo antes de que Nick pudiera moverse. Había dejado de llover y debía ser de noche. La única luz era el débil resplandor de la otra llama moribunda. Debía hacer frío fuera, pero su cama estaba caliente gracias a la mujer que tenía en sus brazos.

La mujer que amaba. Sintió el impulso de despertarla y decírselo. Quería ver aquella gloriosa sonrisa iluminar su rostro al oír aquellas dos simples palabras. Era algo que nunca había sentido, y mucho menos dicho en voz alta.

Pero no podía olvidar que se trataba de Tamara, y que no iba a aceptar su amor así como así. ¿Cómo había dicho en los establos? «Con un temperamento así tardará meses en aceptarte». Entonces, como ahora, había sabido que no se refería a Star.

No. Tenía que ser paciente y muy cuidadoso con Tamara. Tenía que dejar que se acostumbrara a la idea, que llegara a comprender la verdad por sí sola. Pero no tenía tiempo. Faltaban pocos días para su regreso a Nueva York. Sintió un nudo en el estómago al pensar en perderla, igual que cuando la había encontrado en el suelo del establo aquella tarde.

La solución parecía simple. Tenía que ir a

Nueva York con él. Juntos tardarían pocos días en recoger sus cosas y en dejar solucionados sus negocios. Después, juntos, volverían a Yarra Park. Parecía sencillo, pero con Tamara nada era sencillo.

–Ven conmigo.

La mano que descansaba lánguidamente sobre su pecho se tensó.

–¿A Nueva York?

–Sí –dijo él girando la cabeza para verla mejor–. No quiero dejarte aquí sola.

T.C. trazó con un dedo el perfecto contorno de su clavícula.

–Tengo una perra y veintitrés caballos. No estoy sola.

–Está bien. ¿Y si te digo que yo no quiero estar solo?

–¿Solo en Nueva York? Eso sí que es nuevo –dijo ella, pero Nick no sonrió–. Vamos, ¿qué iba a hacer yo allí mientras tú trabajas? Sabes que no soporto estar sin hacer nada. Y no me gustan las ciudades.

–No te gusta salir de tu territorio –sentenció Nick, y notó como ella se cerraba un poco más. Tenía que hacerlo mucho mejor–. Mira, si tengo que volver es porque la semana que viene hay una gala benéfica a la que tengo que asistir.

–¿Qué clase de gala benéfica?

–Es para una fundación que ayuda a niños con problemas. Este acto anual costea gran parte de sus actividades. No puedo faltar. Y quiero que vengas conmigo, Tamara. Hay una cena y una subasta, y siempre aparece algún famoso.

–Un gran acontecimiento –dijo ella con cierta desconfianza.

–Lo es para la fundación. Pero para ti, ojos verdes, será una fiesta. ¿Qué me dices?

Al volver ella la cabeza hacia otro lado se dio cuenta de que aquello no estaba funcionando.

–Hazme el favor de pensarlo, ¿de acuerdo?

–No voy a cambiar de idea –dijo ella negando firmemente con la cabeza.

–¿Quieres decirme por qué?

T.C. lo miró fijamente con sus grandes y expresivos ojos.

–¿Recuerdas la Tamara que me describiste un día en el establo? ¿La de los vestidos vaporosos y los zapatos de tacón? Es a ella a quien deberías llevar a esa gala, no a mí.

–Pero te lo pido a ti.

–Lo siento, Nick.

T.C. volvió la cabeza con gesto inflexible. Nick pensó que al menos su curiosidad acerca de la fundación ya significaba algo. Que como Star, Tamara necesitaba tiempo y paciencia, y aún le quedaba un par de días para conseguir que acabase entrando en razón.

La siguiente tarde la pasó encerrado en el despacho intentando poner al día su trabajo. Pero le costaba concentrarse. Su mente volvía una y otra vez a las últimas treinta y seis horas, y al hecho de que quizá no consiguiera hacer cambiar de idea a Tamara. De no ser así, aquella sería su última noche con ella en semanas. En cualquier caso tenía que ser una noche especial. Descolgó el teléfono y sin dudarlo un instante llamó a Sophie. Quería lo mejor y de eso sí sabía su hermanastra. Y al diablo con las consecuencias.

Eran casi las cinco cuando T.C. asomó la cabeza por la puerta del despacho.

–Tengo que ir a comprar unas cosas al pueblo. ¿Quieres venir?

–¿Tienes que salir ahora mismo? Debería terminar este informe.

–Date prisa. El almacén cierra a las cinco y media –dijo ella sentándose en el borde del escritorio. De repente reparó en la lista de restaurantes que había propuesto Sophie–. Oh... Qué sitios tan elegantes.

–¿Los conoces?

–He oído hablar de ellos, pero no es el tipo de sitios a los que suelo ir. Te miran las etiquetas de la ropa para comprobar que puedes pagar sus precios, que por cierto, no aparecen en la carta –dijo acercándose a él, como si le estuviera confiando un gran secreto. Pero Nick no sonrió.

–Puedo pagar esos precios.

–Ya lo sé, pero no sé por qué lo haces. La comida no es para tanto. Bueno, ¿vienes al pueblo? Podemos tomarnos una pizza en Dom's.

–Que supongo que está muy bien de precio –dijo él molesto.

–Exacto. Y no hay que vestirse de etiqueta para entrar. Oye, tengo que irme o me cerrarán el almacén.

–Tamara, lo que te estoy proponiendo es una cita. Tú y yo.

–Oh.

Nick la observó durante un segundo. El ligero rubor de sus mejillas, la expresión vulnerable de sus ojos... Con un juramento apagado la tomó en sus brazos. Ella se dejó abrazar, pero sin ceder, sin entregarse.

–Me voy pasado mañana, y quiero llevarte a un sitio especial.

–No tienes por qué. Me gustan las pizzas de Dom's –insistió ella empujando el pecho de Nick para que la soltara.

–No se trata de eso.

–¿Entonces de qué se trata, Nick?

–Se trata de... ¡Maldita sea! –¿Cómo decirle que la necesitaba, que la amaba y que quería estar con ella, que quería cuidarla, mimarla, protegerla, que la quería a su lado?– Quiero que vengas a Nueva York.

No debía habérselo dicho de forma tan tajante. Ella dio un paso atrás. Y otro.

–¿No crees que es mejor dejarlo ya? –dijo por fin con frialdad.

Nick sintió que se le helaba la sangre en las venas. Por primera vez pensó que quizá ella no compartía sus sentimientos. Que podía estar deseando que se fuera. Que tal vez para ella aquello solo hubiese sido sexo. O una forma de manipularlo.

–¿Puedes explicarme qué significa eso?

–Mira, Nick, ha estado bien, y como tú dirías, ha sido divertido.

–Déjate de rodeos. ¿Has estado utilizándome? ¿Es eso lo que estás diciendo?

Ella negó con vehemencia, sin entender nada.

–No. ¿Crees que me he acostado contigo para hacerte cambiar de idea sobre la herencia?

–¿Lo has hecho? –dijo Nick, y dejó escapar una breve risa–. Olvídalo. Además, no me habrías hecho cambiar de decisión.

–¿Has tomado una decisión?

–Sí. Conservaré mi parte, pero no me quedaré con lo que es tuyo. Si quieres vender tu mitad, puedes aceptar el dinero que te ofrecí –le espetó, y sin mirarla se volvió hacia el escritorio y rellenó con rapidez un cheque–. Esto es por tu mitad de la propiedad. Los caballos habrá que tasarlos mejor. No creo que sea justo el precio que dieron los abogados.

T.C. no tomó el papel que él le tendía. Pálida como un cadáver, negó lentamente con la cabeza.

–No quiero tu dinero.

–Pues dalo para obras de beneficencia –dijo él tirándolo sobre la mesa.

Mientras se miraban fijamente, Nick sintió un frío mortal en los huesos. Podía seguir intentándolo toda la noche, pero no podría convencerla, ni de que aceptara el cheque, ni de que lo acompañara a Nueva York, ni de que lo suyo pudiera tener futuro. Ella lo miraba como suplicándole en silencio. Nick sabía que si abría los brazos acudiría a él, pero también sabía que si no se mantenía firme jamás aclararían las cosas.

–Tomaré el primer vuelo en el que haya plaza mañana. Si antes quieres que hablemos, sabes dónde encontrarme.

T.C. lo encontró a la mañana siguiente en el establo, delante del cubículo de Star. Con el pulso desbocado se detuvo a contemplarlo. Nick era todo lo que podía desear en un hombre, pero no era capaz de decírselo.

Con el corazón en un puño vio cómo Star se aproximaba a él precavida, indecisa, pero sin sacudidas de cabeza ni resoplidos. Solo hubieran hecho falta unas palabras de ánimo para que se acercara y se dejara acariciar. T.C. deseó en silencio que él extendiera la mano, que se lo facilitara un poco. Pero se apartó y pasó al siguiente cubículo.

Se estaba despidiendo, y al comprenderlo Tamara se sintió morir. Estaba a punto de irse. Era la última oportunidad que tenía de abrirle su corazón. Si él se hubiera vuelto y la hubiera visto allí... Si la hubiera ofrecido una palabra de ánimo, un gesto...

Pero él siguió alejándose hasta desaparecer por el otro extremo del establo. T.C. inspiró profundamente y el aire olía a cuero y a caballo, a melaza y a paja... pero ninguno de esos olores familiares le proporcionó ningún alivio. Y se preguntó si algún día volvería a encontrarlo.

La vida sin Nick era exactamente como T.C. se la había imaginado. Vacía, solitaria y gris, como el cielo permanentemente encapotado. Ni siquiera los bizcochos de chocolate que había hecho Cheryl para animarla sirvieron de nada.

–¿Te preocupa algo? –preguntó Cheryl.

–Es este maldito tiempo, que está empezando a afectarme.

–¿Solo el tiempo? –insistió Cheryl con una sonrisa comprensiva–. Lo echas de menos, puedes admitirlo.

–Qué tontería. Solo hace un par de días que se fue.

–Un par de días son mucho tiempo cuando estás enamorada.

T.C. se echó a reír tímidamente.

–¿Tan evidente es?

–Para una mujer sí –dijo Cheryl–. ¿Se lo dijiste?

–No –confesó T.C.–. No puedo irme a Nueva York. No podría vivir allí.

–¿Te lo pidió él?

–Me pidió que lo acompañara, que fuera su pareja en esa gala benéfica.

–¿Y tú te negaste en redondo?

–No podía irme así, sin más –intentó justificarse T.C.

Cheryl alzó una ceja.

–Podrías si hubieras querido. Sabes que Jason y yo nos las arreglaríamos. Podrías haber contratado temporalmente a alguien, al viejo Harry, o al hermano de Gil.

–Pero no sé lo que siente por mí, no sé qué esperaría de mí si hubiera ido con él a Nueva York. No quiero que vuelvan a partirme el corazón. Otra vez no.

–Nick no es como aquel bastardo –dijo Cheryl.

–Lo sé, pero puede hacerme todavía más daño.

–Oh, cariño –dijo Cheryl acercándose a ella y abrazándola–. Muchas cosas nos hacen daño, ¿pero sabes qué es lo peor? Arrepentirnos de no haberlas hecho.

T.C. se agitó inquieta en su silla.

–¿Estás diciendo que debería ir?

–Eso tienes que decidirlo tú, pero creo que es hora de que dejes de mirar atrás y tomes las riendas de tu futuro.

Al iniciar la búsqueda en Internet T.C. se repitió que lo hacía por mera curiosidad. Simplemente quería saber algo más sobre aquella organización benéfica con la que colaboraba Nick. La Fundación Alessandro.

Al cabo de media hora encontró lo que buscaba en una reseña. Entonces empezó a entender lo que Nick había sido de niño y el hombre en que se había convertido. Vio al joven Nick en las descripciones de los chicos a los que ayudaba la fundación. Niños que rescataban de una existencia sin esperanza y a los que llevaban a lugares y ofrecían experiencias que nunca hubieran imaginado. Campamentos en paraísos naturales, expediciones en kayak, montañismo, viajes a lugares donde podrían demostrarse a sí mismos su valía y fortalecer su autoestima.

El objetivo de la fundación era demostrar que con valor, compromiso y una actitud positiva podían conseguir cosas que jamás habrían podido imaginar. T.C. se arrellanó en el sillón del despacho. Era el valor, el compromiso y la actitud positiva que ella necesitaba para ser dueña de su futuro.

No tuvo que leer más para comprender que el compromiso de Nick con aquella organización no era el de un simple afiliado. Aquello explicaba las numerosas expediciones y aventuras que había emprendido en los últimos años, y por qué estaba en Alaska al morir Joe. El corazón se le encogió dolorosamente.

¿Cómo era posible que no lo hubiera entendido, que no hubiera visto al instante la clase de hombre que era?

Se enfrentó de nuevo a la pantalla del ordenador e inició una nueva búsqueda, esta vez con las ideas más claras. Necesitaba saber más sobre la gala y la subasta. Tenía que haber algo que pudiera hacer y que requiriese valor, capacidad de compromiso y determinación. Para ello tendría que salir de su territorio, pero si lo conseguía, quizá también pudiera demostrarse a sí misma que era digna de Nick.

Capítulo Trece

Averiguar los detalles de la subasta fue fácil. Lo duro fue descubrir que Nick era el lote principal, que un montón de mujeres hermosas, ricas y elegantes pujarían por pasar un fin de semana de aventura con él como guía privado. Pero al instante supo lo que tenía que hacer. Tomó el cheque que Nick había dejado sobre la mesa y la visión de todos aquellos ceros la hizo bizquear por un momento.

–Me dijiste que lo diera a alguna obra de beneficencia. Supongo que bien puede ser para la tuya.

Sin pensarlo dos veces dobló en dos el cheque y se lo guardó en el bolsillo de la camisa. Ahora tenía muchas cosas que preparar. Solo faltaban dos días. No, un día más teniendo en cuenta la diferencia de horarios entre los dos continentes. No era mucho tiempo, y aparte de reservar un billete de avión no sabía por dónde empezar.

Durante un instante imaginó el espeso silencio que se haría en la sala cuando ella anunciase su oferta. Todos los ojos caerían sobre una mujer sola, una rubia menuda con un vestido inadecuado tambaleándose sobre unos tacones a los que obviamente no estaba acostumbrada. Por un momento su determinación flaqueó. Sus viejas inseguridades afloraron de nuevo a la superficie. Pero entonces volvió a oír las palabras de Cheryl.

No, no quería envejecer sola y arrepentida de no haber dado aquel paso. Todavía tenía una oportunidad.

Dejó caer el puño sobre el escritorio con fuerza, consciente de la dificultad de lo que aún tenía que hacer: conseguir un billete para ir a una elegante gala benéfica en Nueva York, llegar hasta allí y encontrar algo que ponerse.

Quince minutos después oyó cómo un coche se detenía ante la casa.

Al abrir la puerta, T.C. vio salir de un sólido coche europeo a una mujer vagamente familiar con gafas de sol y una elegante y oscura melena.

–Hola. Tú debes ser Tamara –dijo quitándose las gafas y sonriendo por encima del techo del coche–. Tenía que venir a conocerte. La curiosidad me pierde. Soy Sophie Corelli, «la curiosa».

Era una mujer alta, de casi un metro ochenta, vestida con un gusto impecable, que le ofreció una mano perfectamente cuidada. T.C. se la estrechó con cierta timidez.

–Hola, Sophie. He oído hablar mucho de ti.

Dos cejas perfectamente depiladas se alzaron.

–¿De verdad?

T.C. sintió que sus mejillas se encendían. Recordó todo lo que Nick había contado de su «querida» hermanastra. Su mirada descendió hasta las sandalias italianas de Sophie y volvió a ascender hasta su elegante y discreto maquillaje. No recordaba haber pedido a Dios que le enviara un hada madrina, pero tenía la impresión de que acababa de llegar al volante de un Audi 4.

–¿Te apetecería un café? –preguntó con una sonrisa.

–No, pero mataría por algo frío.

T.C. respiró hondo en invitó a entrar en la casa a la mujer que esperaba convertir en su aliada.

Dos noches después estaba en el vestíbulo de uno de los hoteles más lujosos de Manhattan, y se preguntaba cómo podía estar tan loca como para llevar a la práctica un plan tan descabellado.

«¿Es esto lo que quieres? ¿Para esto has sufrido horas y horas de peluquería y manicura, de compras interminables? Y si ahora te acobardas, ¿cómo vas a mirar a la cara a Sophie? ¿Y a Cheryl y a Jason?»

Y lo que era peor, ¿cómo iba a poder mirarse al espejo?

Las piernas le temblaban y tenía la boca tan seca que no iba a ser capaz de pronunciar una sola palabra. El portero la miró por veinteava vez, y ella evitó de nuevo el contacto visual. Si no hacía algo pronto iban a detenerla por merodear.

Un hombre de esmoquin salió del comedor donde iba a celebrarse la gala y dijo algo al portero. ¿Sería un agente de seguridad? La idea de que la echaran a la calle sin darle la oportunidad de explicarse hizo que se dirigiera de nuevo al servicio de señoras. Por tercera vez. Pero a mitad de camino se vio a sí misma en un espejo.

¿Era ella? Lo que veía era a una rubia muy elegante ataviada con un vestido de noche verde musgo que flotaba sugiriendo unas curvas muy interesantes cuando se movía. Bajo las suaves y flotantes capas de seda vio unas largas y esbeltas piernas y unas sandalias que lanzaban destellos al darles la luz. Eran las sandalias las que daban a su cuerpo aquel movimiento ondulante.

Se detuvo en seco, asombrada por el milagro que había obrado Sophie con ella, y vio a través del espejo que aquel hombre volvía a mirarla. Pero no estaba inspeccionando a una posible intrusa. Estaba mirando a la imponente rubia del espejo.

Sus brillantes labios se curvaron en una sonrisa en el momento en que sus ojos se cruzaron con los de su admirador. Se encogió de hombros levemente, apretó el pequeño bolso bajo el brazo, y con paso firme y confiado avanzó hacia el portero.

Era la tercera vez que Nick participaba en aquella subasta. Las anteriores no le había importado ser el centro de atención, incluso se había prestado al juego ofreciendo a las pujadoras su mejor sonrisa. Pero esta vez no tenía ningunas ganas de estar allí.

«Acabemos con esto cuanto antes», se dijo mientras subía a la plataforma instalada delante de las lujosas mesas de los invitados, muy bien comidos y todavía mejor bebidos. Aquello era parte del plan. Cuanto más corría el champán, más fácil les resultaba vaciar sus profundos bolsillos.

Nick hizo una leve inclinación ante el aplauso de bienvenida, pero para cuando empezó la puja le dolía el rostro de intentar sonreír. Imaginó que había perdido la práctica. Las ofertas empezaron a subir rápidamente por encima de los veinte mil dólares.

–¿He oído veinticinco? –preguntó el subastador.

Nick estaba ausente. «En un momento todo habrá pasado», se repetía, «y entonces podrás irte de aquí». ¿Y adónde? ¿A su frío y vacío apartamento, a recorrerlo arriba y abajo hasta el amanecer? Sabía que esta vez no podría calmar la inquietud de su espíritu tan fácilmente como antes. No bastaría con el desafío de una montaña, un río o un glaciar. Solo Tamara podía conseguirlo.

Tamara. Estaba tan perdido en sus pensamientos, en la añoranza de volver a sentirla en sus brazos, que imaginó que oía alzarse su voz, como si intentase llamar su atención.

–Perdón, creo que no he oído correctamente, señora –dijo el subastador estirando el cuello para intentar ver a alguien al fondo de la sala–. ¿Le importaría repetir su oferta?

–Quinientos mil dólares.

No lo había imaginado. Aquella era su voz. Estaba allí, en el salón, y había repetido su desproporcionada oferta.

Nick no era el único desconcertado. Las risas y los murmullos dieron paso al silencio, solo roto por el rumor de los vestidos al moverse mientras todos se volvían hacia el fondo intentando ver a la atrevida pujadora.

–¿La oferta es seria, señora? –preguntó el subastador sin acabar de creerlo.

–¡Cerrad la puerta para que no se escape! –gritó alguien. Las risas sonaron algo tensas y expectantes.

–La oferta es firme –dijo Tamara–, pero es todo cuanto puedo ofrecer.

–En ese caso, si no hay más ofertas... Quinientos mil a la una, quinientos mil a las dos...

El martillo al caer sonó como una explosión en el salón silencioso. Alguien empezó a aplaudir en el fondo. Gradualmente el resto de la sala se unió en un ensordecedor aplauso que a pesar de todo no pudo acallar el martilleo del corazón de Nick.

Aún no podía verla. Por un momento dudó si habría imaginado aquella disparatada escena. Bajó de la plataforma, y la coordinadora de la subasta lo tomó del brazo, acompañada por otras personas del comité organizador que le daban palmadas en la espalda y estrechaban su mano como si acabase de realizar un acto de una increíble generosidad.

Entre los asistentes se fue formando un pasillo mientras los aplausos acompañaban a la ganadora hacia la cabecera del salón.

Entonces fue cuando la vio.

T.C. pensó que se le iban a doblar las piernas. Afortunadamente una mujer del grupo que rodeaba a Nick se acercó y la tomó del brazo.

—Bien, aquí está nuestra pujante misteriosa. Supongo que deseará conocer al señor Corelli.

—Nos conocemos —dijo él con voz tan reservada como el primer contacto de su mirada. T.C. sintió como un puñetazo en el estómago. ¿Qué había esperado, que la recibiera con los brazos abiertos y una sonrisa arrebatadora? No habría estado mal.

La organizadora intentaba llevarse a Tamara a un lado para hacer firme la transacción y explicarle todos los detalles. T.C. lanzó una mirada suplicante a aquellos hermosos ojos azules.

—¿Podemos dejar las formalidades para más tarde, Yvonne? —preguntó él.

La mujer murmuró algo sobre la confirmación de las cantidades, y entonces fue cuando apareció aquel brillo tan especial en los ojos de Nick.

–Yo respondo del cheque de la señora, Yvonne.

–¿Está seguro?

–Creo que lleva mi firma.

Las cejas de Yvonne casi desaparecieron de su frente al asimilar lo que significaba aquello. T.C. sintió docenas de miradas clavadas en ella, pero solo importaba una. Y era una mirada seria, concentrada, inquisitiva.

–¿No me dijiste que lo diera a alguna obra de beneficencia? Esta me pareció interesante.

–Hacen un buen trabajo.

–Sí, y tú también.

Yvonne carraspeó levemente, y los ojos de Nick relampaguearon de impaciencia, o de irritación. Pero se volvió hacia ella sonriente.

–Esto puede esperar a mañana, ¿no crees? ¿Podríamos tener ahora un poco de intimidad?

La autoridad de su voz hizo que el grupo se dispersara entre murmullos, y finalmente se quedaron solos... en medio de un salón atestado de invitados que no perdían detalle. Nick volvió hacia ella su mirada impaciente e irritada.

–¿Y ahora quieres contarme qué ha sido esto?

–Bueno, según el catálogo, he ganado un fin de semana de aventura contigo como guía personal –dijo haciendo una breve pausa para tomar aire–. Ya sé que es un poco precipitado, pero me preguntaba si tendrías este fin de semana libre.

–¿Tenías alguna idea especial?

Cuando lo miró, sus ojos ya no ocultaban nada.

–Creo que te debo algunas explicaciones.

–¿Tenías que venir hasta aquí y pagar una cantidad astronómica de dinero para hablar conmigo?

–Espero que haya valido la pena.

Durante un momento el rostro de Nick no reveló nada. T.C. pensó que ningún momento de su vida había sido tan importante como aquel. Entonces él asintió brevemente.

–Veamos lo que tienes que decirme –murmuró él finalmente, tomándola de la mano y cruzando con ella el salón entre los aplausos del público, que se apartaba a su paso para volver a cerrar filas tras ellos como si se hubiera tratado de dos estrellas de cine.

La cabeza de T.C. parecía seguir dando vueltas después de subir al asiento trasero de la limusina de Nick. Sentía su mirada clavada en ella, y la distancia que los separaba en el enorme asiento parecía un abismo.

–Había formas más fáciles de hacer esto, ¿sabes?

–Lo sé –dijo ella respirando hondo–. Pero decidí que no quería hacerlo de la forma fácil. Pensé que para esto tenía que salir de mi territorio.

–¿Y venir a Nueva York no era bastante?

–No si quería deshacerme de ese cheque.

–Siempre volvemos a lo mismo.

–Sí, siempre. ¿Y quieres saber por qué? –T.C. no esperó a que él dijera nada, a que se apartara aún más de ella–. No quería que nada se interpusiera entre nosotros, ni Yarra Park ni lo que Joe esperaba que surgiera entre tú y yo. Solo quería que lo que tuviese que ocurrir ocurriera entre nosotros dos, Nick, sin herencias ni expectativas de nadie por medio.

–¿Expectativas? –preguntó Nick lentamente.

–Sí –dijo ella con una sonrisa cansada–. Joe quería que estuviéramos juntos. Quiso que tú vinieras a Australia a decirme lo de la herencia, que yo te convenciera para que conservaras el rancho y llegaras a amarlo... Todo lo hizo para acercarnos. Quería que acabáramos juntos.

Él tardó unos segundos en asimilar lo que acababa de oír. Mientras tanto el corazón de Tamara amenazaba con salírsele del pecho.

–Y tú querías deshacerte de esas ataduras. ¿No querías estar ligada a mí?

Aquel era el momento de la verdad. T.C. tomó aire para responder.

–No quería estar unida a ti por ninguna persona ni propiedad. Eso no significa que no te quiera.

–¿Y no podías decirme esto antes de que me fuera de Australia?

–Te parecerá ridículo, pero no. Primero necesitaba aclararme las ideas, armarme de valor... y que Cheryl me infundiese un poco de sentido común.

Por primera vez asomó una sonrisa a los labios de Nick.

–No sé si se puede llamar sentido común a pagar medio millón por un fin de semana conmigo.

–Oh, puede que haya valido la pena.

Pero su semblante volvió a endurecerse y Tamara sintió la dolorosa intensidad de su mirada.

–No has contestado a mi pregunta. ¿Es que no quieres estar unida a mí?

–Claro que sí –dijo ella sonriendo tímidamente–. Pero solo hasta el punto que tú quieras. Sé que soy difícil, y que no me gustan los cambios, y que no siempre tengo valor...

Él tomó su mano y se la llevó a los labios.

—Hace falta mucho valor para hacer lo que has hecho esta noche, Tamara.

—Es posible, pero no quiero que pienses que me debes nada...

Esta vez la hizo callar besándola en los labios.

—¿Quieres dejar de dar vueltas y hablar claro? ¿Me quieres? ¿Es eso lo que intentas decirme? Porque te aseguro que es lo único que quiero oír de tus labios ahora mismo.

—Te quiero, Nick, pero eso no significa que tengas que...

—Yo a ti también, ¿de acuerdo? —interrumpió él—. ¿Y ahora quieres dejar de intentar evitar el compromiso? Eres lo que he buscado toda mi vida.

—¿El desafío absoluto? —preguntó ella con ironía.

Él se echó a reír con aquella risa sonora y profunda llena de sentimiento.

—Bueno, cariño, creo que tú eres un desafío como para toda una vida —declaró, y de repente su mirada se volvió seria—. Me refería a que siempre he buscado mi verdadero hogar. Y tú eres ese lugar, Tamara. Tú eres mi hogar. Te quiero, ojos verdes.

Las lágrimas inundaron aquellos ojos y se derramaron por sus mejillas mientras Nick besaba su boca como solo él sabía hacerlo. Y esta vez Tamara no se molestó en ocultarlas. Las dejó caer mientras lo besaba acariciando sus mejillas y su cabello y murmuraba contra sus labios las palabras que tanto deseaba pronunciar.

—Bienvenido al hogar, Niccolo.

Acepte 2 de nuestras mejores novelas de amor GRATIS

¡Y reciba un regalo sorpresa!

Katrina había tratado de olvidar que seguía
casada con Nicos Kasoulis. De recién casados, los
había consumido la pasión... pero después Katrina
había llegado a la conclusión de que su flamante espo-
so tenía una aventura...

Después de meses intentando olvidar al sexy
magnate con el que se había casado, Katrina descu-
brió que, de acuerdo con el testamento de su padre,
no podría hacerse con el control de la empresa familiar
a menos que se reconciliara con Nicos. Convencida de
que su marido esperaba que ella se negara a obede-
cer tal condición, Katrina pensó que quizás sería divertido sorprenderlo y poner su matri-
monio a prueba...

Reconciliación

Helen Bianchin

PÍDELO EN TU PUNTO DE VENTA

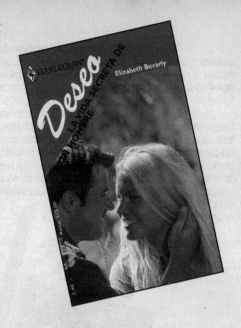

Estaba claro que Winona Thornbury había nacido
en el siglo equivocado; su idea del amor estaba tan
anticuada como su indumentaria. Ningún hombre
había conseguido jamás que se dejara llevar por la
pasión... hasta que se encontró con aquel misterioso
desconocido que le provocaba el deseo de arrancarse
la ropa y olvidarse de qué era «lo correcto».

Pero Connor Monahan no era el tipo de hombre
que aparentaba ser. Era un policía de incógnito que
creía estar vigilando a una prostituta, sin embargo la
mezcla de inocencia y sensualidad de aquella joven
estaba haciendo que le resultara muy difícil mantener
la cabeza en el caso... y las manos lejos de la sospe-
chosa...

PÍDELO EN TU PUNTO DE VENTA

Reece Callahan iba a publicar en uno de sus periódicos un escándalo que implicaba al padrastro de Lauren Courtney... a menos que ella accediese a fingir que era su amante durante una semana.

Lauren estaba dispuesta a pagar ese precio por proteger la reputación de su adorado padrastro. Después de todo, no le estaba resultando tan difícil, ya que solo tenía que asistir a sofisticados actos sociales, y pasar las veinticuatro horas del día con Reece no era en absoluto desagradable; lo cierto era que se trataba de un tipo guapísimo. De hecho, cuanto más tiempo pasaba junto a él, más difícil le resultaba resistirse a la tentación de convertirse en su amante... ¡de verdad!

Una semana de amor

Sandra Field

PÍDELO EN TU PUNTO DE VENTA